一笑

古龍自署

國際學術研討會

與

古龍武俠小說 領先時代半世紀

【記者賴素鈴／報導】江湖代有才人出，這廂古龍凋零二十載，那廂今朝懸賞百萬獎新秀，浪淘不盡，唯有武俠熱愛，不隨時間變易，在學術研討會上更見分明。以「一代鬼才：古龍與武俠小說」爲主題，淡江大學第九屆文學與美學國際學術研討會昨起在國家圖書館，展開爲期兩天的議程，紀念武俠小說家古龍逝世二十周年，新生代學者與古龍故舊齊聚一堂，以文論劍話武俠。

日前與淡大中文系教授林保淳共同發表《台灣武俠小說發展史》，武俠小說評論家葉洪生昨天在專題演講中，直批胡適1959年底發表「武俠小說下流論」是「胡說」，學界泰斗的不當發言以及隨即展開的「暴雨專案」，反而促成1960年起台灣武俠新秀的繁興，「武俠小說迷人的地方，恰恰在門道之上。」，葉洪生認定，武俠小說審美四原則在文筆、意構、雜學、原創性，他強調：「武俠小說，是一種『上流美』。」

集多年心血完成《台灣武俠小說發展史》，葉洪生認爲他已爲從十歲起迷上武俠小說的半世紀畫上完美句點，並且宣布他「以後決心退出武俠論壇，封劍退隱江湖」。

雖然葉洪生回顧武俠小說名家此起彼落，套太史公名言「固一世之雄也，而今安在哉？」，認爲這是值得深思的嚴肅課題，昨天意外現身研討會而備受矚目的溫世禮，則爲了紀念同是武俠迷的哥哥溫世仁，推出第一屆「溫世仁武俠小說百萬大賞」，即日起至今年10月3日截止收件，經兩階段評選後於明年12月7日公布首獎得主，預料將會是一場武林新秀的龍虎爭霸戰。

看明日誰領風騷？風雲時代出版社發行人陳曉林眼中的古龍，其實領先他的時代半世紀，以致如今雖然古龍逝世20年，陳曉林認爲大家對古龍的了解仍然有限，預言未來世代更能和古龍的後設風格共鳴。

昨天這場研討會，也凸顯武俠小說作爲一項文學研究門類，仍有待開發學習空間。多位與會者都指出，武俠小說的發表、出版方式和管道具考證難度，學術理論與論文格式的建立待加強。而武俠名家的版權之爭、市場競爭力，也增加出版推廣困難，古龍武俠小說的版權糾紛、司馬翎作品的版權官司也成爲研討會的場外話題。

武俠小說

第九屆文學與美
一代鬼才
古龍

古龍兄為人慷慨豪邁、跌蕩
自如，變化多端，文如其人，且復多
奇氣，惜英年早逝。余與古兄當
年交好，且喜讀其書，今既不見其
人，又無新作可讀，深自惋惜。

金庸

一九九六．十．十一．香港

古龍

古龍

真品絕版復刻 7

月異星邪

下

古龍 著

古龍真品絕版復刻說明

由於版權限制之故，本專輯「古龍真品絕版復刻」所集六種古龍最早期武俠作品，在台灣已絕版很多年，而本版推出後也不會再印行問世，故稱「絕版復刻」。此版本限量發行，只以饗有緣人。

殘金缺玉，碎鑽散翠，卻可由此透視後來光芒萬丈、膾炙人口的古龍武俠諸名著，其最根柢處的靈氣之源和俠情之始。凡對古龍作品有真正興趣、愛好的讀友，必會收存這個專輯，並可由此看出：當古龍將這些金玉鑽翠串綴起來時，是何等的璀燦奪目？

目錄

第九章　善惡難分

這一聲狂吼使得卓長卿微微一怔，方待轉首而望，卻聽那紅衣娘娘溫如玉已自冷冷說道：「你聽到我說的話沒有？」

卓長卿暗歎一聲，沉聲道：「小可正在聽著。」

他心中雖對這溫如玉冷冷叱責的語氣極為不慣，但是他乃稟性剛直之人，想到自己已毀於此人之手，又有諾言在先，自己此刻便得聽命於她，是以便將心中怒火強忍下去。

溫如玉冷哼一聲，忽又歎道：「我那徒弟年紀極小的時候，爹爹媽媽就全都死了，她……」

語聲突然一頓。卓長卿抬眼望去，只見這名滿天下的魔頭，目光之中，瞬息之間已換了數種變化，此刻目中竟滿含著一種幽怨、自責的神色。卓長卿心中不禁大奇：「這魔頭昔日難道也有著什麼傷心之事？」

卻見她又長歎一聲，又道：「她甚至連她爹爹媽媽的姓名都不知道，我就替她取了個名字，叫作溫瑾。你說，我取的這個名字可還好嗎？」

卓長卿又是一愕，茫然點了點頭。溫如玉醜陋嚴峻的面上微笑一下，又道：「這些年來，瑾兒一直跟著我，年紀一年比一年大了，臉上的笑容卻一年比一年少。她還不到憂鬱的年紀，卻遠比別人要憂愁很多。我問她為什麼，她嘴裡不說，我心裡卻知道，她是在感懷身世。你想想，一個年紀輕輕的孩子，活了許多年，卻連她親生父母的姓名都不知道，該是件多麼慘的事。」

卓長卿暗歎一聲，忖道：「原來那天真刁蠻的女子，身世卻如此淒涼可憐！」

心下不禁對她大起同情之心。轉念一想，自己又何嘗不是個無父無母的孤兒？而自己不共戴天的仇人，此刻卻正在自己面前……一時之間，他心中思潮數轉，不覺又想得癡了。

溫如玉目光轉處，突又森冷如劍，在卓長卿面前一掃，冷冷道：「你心裡在想著什麼？」

卓長卿陡然一驚，溫如玉又道：「難道你以為我不知道？——哼哼，我老人家平生殺人無數，可從未有過一人敢來復仇的。你既有如此孝心，又有如此豪氣，我老人家總有成全你的一天。」

卓長卿心中又一愕，暗忖：此話何意？

卻見她冷笑一聲，又道：「只是現在你卻得好好聽著我的話，不但眼睛不要望向他處，心裡也不得亂想心思，如若不然——哼哼！」

卓長卿劍眉一軒，胸中怒氣大作，但轉念一想，不禁又自長歎道：「那溫瑾的身世性格，與小可並無關係。閣下還是先將對小可的吩咐說出——」

溫如玉突然泛起一個奇怪的笑容，接口道：「瑾兒的身世性格此刻雖然與你無關，可是日後卻大有關係了。」

卓長卿大奇道：「此話怎講？」

哪知溫如玉伸出枯瘦的手掌，理了理被風吹亂的鬢髮，卻不回答他的話，只管接著說道：「我久居苗疆，足跡很少到江南來，瑾兒便也跟著我，從來沒有離開過一步。我看她一年比一年憂鬱，就想盡了各種辦法來使她開心些。哪知她表面露出笑容，心裡卻還是不快活！」

卓長卿暗歎一聲，忖道：「這醜人溫如玉狠毒一生，卻料不到她竟會對一個女孩如此溫柔。師父常說：『世上無論如何凶殘狠毒之人，心中卻總有善良的一面。』我先還不信，此刻才知道這話果然是對的了。」

又想到：「那溫瑾雖然身世淒苦，卻有個師父對她如此好，她也算是個幸福的人了。」

此刻他眼前似乎又泛出那紅裳少女溫瑾美如春花般的笑容。這溫如玉的言語雖久久沒有歸入正題，他竟也未覺不耐。

溫如玉目光一抬，又道：「有一天，瑾兒忽然跑來要求我，說她想要見一下天下英雄。我和她自幼相處，別人不敢在我面前說的話，她都敢說，可是她提出這個要求來，我卻愕住了。試想我溫如玉一生之中，普天之下，都是恨我、怕我的人，我又怎能為她找來天下所有的英雄？」

「可是她從來沒有對我提過要求，此刻她既然說了出來，我又怎能拒絕？

當時我想了許久，也沒有想出一個辦法來。」

她話聲微微一頓，又道：「有一天，我靜坐之中，回念舊事，忽然想到那次黃山始信峰下之事……那天的事，你總該很清楚的了！」

卓長卿暗哼一聲，亢聲道：「那天的事，在下即使粉身碎骨，也萬萬不會忘記的。」

溫如玉目光一凜，在卓長卿面上凝注半晌，忽然微微頷首笑道：「我就喜歡你這種有骨氣的正直孩子。唉——你爹爹雖然已死，但他若知道有你這種兒子，也該含笑九泉了。」

語氣之中，竟滿含感慨羨慕之意，又似乎微帶惆悵。

卓長卿目光一抬，只見她目光之中的肅殺冷削之意，此刻竟已全然消失，卻像是個慈祥的老婦，在溫柔地望著自己，一時之間，他心中百感交集，亦不知是驚是怒，是恨是愁。

卻聽溫如玉又道：「那天在黃山始信峰的鐵船頭裡，出了件奇事。你該也看到黃山周圍百里的蛇蟲野獸，都瘋了似的跑到鐵船頭去。牠們雖然明知在那裡有個牠們的剋星，牠們去了，必定送死，但是牠們卻又無法克制自己，明知送死也要跑去。」

「你武功不弱，當然是有名師指點。你可知道那是為著什麼嗎？」

卓長卿沉吟半晌，心中雖不願回答她的話，卻仍然說道：「那潛伏在鐵船頭中的異獸，乃天下至毒之物，而且能夠發出一種極為奇異的香味，使得任何一種蛇蟲猛獸都無法抗拒。」

溫如玉微微一笑，道：「對了。當時我就在想，我若召集天下英雄，別人一定不會趕來。但我若和那星蜍一樣，用天下英雄都無法抗拒的誘惑，那麼他們縱然恨我、怕我，卻也不得不來了。」

她得意地笑了一下，又道：「我雖不能和那星蜍一樣，體發異香，但我卻有著普天之下沒有一人見了不動心的奇珍異寶，這些珍寶就是我發出的香氣。憑著這香氣，我就能將天下武林豪士，都叫到我那瑾兒面前。」

卓長卿劍眉微皺，暗道一聲：「原來如此。」

他先前本在奇怪，天目山上，怎會有個如此盛會，此刻一聽才知道真相。

溫如玉笑容一斂，突又歎道：「哪知道瑾兒聽了我這計畫，卻道：『你老人家的奇珍異寶雖然都是世人夢寐以求之物，卻也未見得能將天下英雄都引來。來的若都是一些不成才的角色，那我還不如不看哩。』我想了許久，才想出這個辦法，本來以為已經很好了，哪知卻被她這一句話全盤推翻。但我仔細一想，卻又不能不承認她這話說得有些道理。」

卓長卿暗中頷首，忖道：「看來這溫瑾還是個聰明絕頂之人。」

卻聽溫如玉又道：「過了幾天，她忽然自己畫了三幅畫，拿來給我看，又對我說要在天目山開個較技之會。她說：『這麼一來，一些貪財愛寶的人，固然是非來不可，另一些還未成婚的少年豪傑，也一定會來。就算還有些這兩樣都不能打動的人，但他們只要是武林中人，就不會沒有爭名好勝之心，一聽天目山上有個如此的較技之會，必定會趕來的。』她又說：『好利、好名、好色、好奇，本是人們的根性，這麼一做，我就不相信世人還有既不好名利，也不好奇的人！』」

卓長卿心中暗道：「慚愧。」

他自己雖不好名利財色，但好奇之心，卻還是不能克制。這溫瑾如此做來，確已是將世人一網打盡了。

溫如玉緩緩又道：「我當時聽了，心裡不免有些奇怪，就問她：『假如在那較技之會上武功最強的人，是個禿子麻子，那麼你是否也要嫁給他呢？』她微微一笑，卻不回答我的話，只問我肯不肯。我想來想去，還是答應了她，只是答應了之後，又有些後悔，心想普天之下，武功若能勝得了我這瑾兒的，本不會太多，即使有上幾個，年齡也必定很大了，品貌也未必會好，瑾兒嫁給了這種人，豈非是彩鳳隨鴉？」

她目光又自緩緩注向卓長卿身上，又道：「可是今日我見了你，才知道天下果然是奇人輩出。能夠教得出你這一身武功的人，那他的武功，也一定深不可測了。我雖然不知道他是誰，你也一定不會告訴我，可是我卻很欽佩他，因為他不但將你教成一身武功，還將你教成一個大丈夫。哼！世上有些人武功雖高，行為卻卑鄙得很。」

她隨手一指那被困在霓裳仙舞陣中，此刻身法也越來越緩、氣力已漸不支的岑粲，又道：「他和他那師父，就全都是這種人。」

語氣之中，怨恨之意，又復大作。卓長卿心中一動，他聽了這溫如玉一席話，心中思潮翻湧，幾乎已將這賭命之事忘了。

此刻他見這溫如玉對那黃衫少年，似乎甚為恨毒，心下又覺得有些奇怪，心想這醜人溫如玉與他們師徒本是一丘之貉，她卻說出此話，豈非有些奇怪？他卻不知道溫如玉心中對那萬妙真君尹凡的怨恨，只怕還在他自己之上呢。

轉目望去，只見溫如玉目光低垂，凝注在自己的手指上，似乎在想著什麼心事，而且看來還不知要想多久的樣子。

卓長卿乾咳一聲，見她仍然渾然如未覺，心思數轉，想問她要自己做的究竟是什麼事，但目光動處，卻見到她此刻面上竟是一片安寧祥和之色。她這張醜陋不堪的面容，暴戾冷削之氣一去，看來也就似乎沒有那樣醜陋了。卓長卿心中不禁暗歎一聲，忖道：「此刻她心中所思，必定是十分善良之事。她一生行惡，一生之中，大約極為難得有這種安寧祥和之色。」

一念至此，遂將已到口邊的話忍住了，轉目望向那被困在漫天紅影中的黃衫少年。

那些紅裳少女仍然是衫袖飄飄，身形曼妙，一副曼舞清歌的樣子，但她們身形的交替流轉，卻是極為迅快。卓長卿一眼望去，根本無法看清那黃衫少年的身形，只覺在這一片紅影中的黃色人形，展動已越來越緩，顯見已是難以支持了。

卓長卿與這黃衫少年曾經交手，知道此人雖然狂傲，武功卻極為不弱，在武林中已可列為一流高手之稱，而此刻卻被這些武功並不甚高的少女，困得一籌莫展，如此看來，顯見這霓裳仙舞陣的確有著不同凡俗的威力。

一念至此，他便定睛而望，留意去觀察這些少女所施展的身法，只覺她們身法配合的確是妙到毫巔，一時之間，竟無法看出她們的身形，是如何展動的。

他這一定睛而望，目光便再也捨不得離開。須知任何一個天性好武之人，遇著這種深奧的武功，便有如一個稚齡幼童，見著他最最喜愛的糖果一樣。

他全神凝注著這些紅裳少女的身形變化，只覺這霓裳仙舞陣似乎和那武林第一宗派，武當派的鎮山九宮八卦陣有些相似，但其繁複變化，卻猶有過之。他雖是絕頂聰明之人，但看了許久，卻仍未參透其中的奧妙，心下不禁大為急躁，暗中感歎一聲，忖道：「看來這醜人溫如玉的聰明才智，的確不是常人能及。唉——日後我若想報此深仇，只怕不是易事呢！」

他心中正自繁亂難安，哪知耳側突然響起一聲冷笑，只聽溫如玉冷冷說道：「我這霓裳仙舞陣雖非蓋絕天下，卻也不是你略微一看，便能參詳得透的。」

卓長卿心中一凜，卻聽溫如玉又道：「我這陣法關鍵所在，全在腳步之間，你若單只注意她們的身形掌法，莫說就這一時半刻，只怕你再看上一年，也是枉然。」

卓長卿暗道一聲：「慚愧！」

卻見溫如玉突然伸出雙掌，輕輕一拍，掌聲清脆，有如擊玉。

那些紅裳少女一聞掌聲，身形竟突然慢了下來。卓長卿心中一動，不禁大奇，忖道：「難道這溫如玉有意將這陣法的奧妙，讓我參透嗎？」

這想法看來不但不合情理，而且簡直荒謬得近於絕不可能。一個毒辣而狠心的魔頭，怎肯將自己苦心研成的不傳之秘，如此輕易地傳授給一個明知要向自己復仇的仇人之子呢？

但卓長卿目光動處，卻見這些紅裳少女，不但已將身形放緩，而且舉手投足間，身形、步法都極清晰可見。卓長卿雖對方才自己的想法驚奇難信，但此刻卻又不得不信了。

這霓裳仙舞陣法一鬆，卓長卿固然驚異交集，那黃衫少年岑粲，更是大感奇怪。他此刻已是精竭力盡，就連發出的招式，都軟弱得有如武功粗淺之人一般，此刻得到喘息的機會，精神突然一振，拚盡餘力，呼呼攻出數掌，冀求能夠衝出陣外。

哪知陣法方自轉動三五次，溫如玉突又一拍手掌，掌聲方落，那些紅裳少女的身形便又電似的轉動起來。

溫如玉斜眼一瞟，只見卓長卿兀自對著陣法出神，乾咳一聲，問道：「你可看清了？」

卓長卿回首一笑，道：「多承指教。」

他天資絕頂，就在方才那一刻內，便已將這霓裳仙舞陣的奧妙，窺出多半，此刻心中突又一動，忖道：「這溫如玉將此陣法的奧妙傳授於我，難道就是為了她要叫我做的那事，與此陣法有關？」

念頭尚未轉完，卻聽溫如玉已冷冷說道：「此刻距離八月中秋尚有數日，在這數日之間，你切須尋得一法破去此陣，到了八月中秋那一天，你便趕到天目山。」

卓長卿微微一怔，脫口問道：「這難道就是閣下要我所做之事嗎？」

溫如玉面上，雖然沒有任何表情，好像沒有聽到他的問話一般，卻又道：「這次天目山上的較技之會，大河兩岸、長江南北的武林英豪，聞訊而來的，幾乎已占了普天之下的武林俊彥大半，這其中自然不乏身手高強，武功精絕的人。你在八月十五那一天，務須將他們全都擊敗……」

她微微一笑，又道：「以你之武功，只要沒有意外，此事當可有八分把握。」

卓長卿越聽越覺奇怪，不知道這溫如玉此舉，究竟何意。

溫如玉目光微掃，面上竟又露出一絲笑容，緩緩又道：「然後你便得破去這霓裳仙舞陣，最後你還得當著天下英雄之面，和我那徒兒溫瑾較一較身手。只要你能將她擊敗，那麼……」

她又自一笑，倏然中止了話。卓長卿心中猛然一陣劇跳，張開口來，卻半晌說不出話。只見溫如玉目光緩緩移向自己面上，又道：「瑾兒若是嫁給了你，那麼我也就放心了。她脾氣不好，凡事你都得讓著她一點……」

她語聲突然一凜，接道：「你若對她不好，我就算死了，做鬼也得找你算帳。」

卓長卿心中轟然一震，呆呆地愕了半晌，掙扎著說道：「難道這就是閣下要我所做之事嗎？」

溫如玉微微一笑，道：「正是此事……若不是我看你聰明正直，你跪在地上求我三天三夜，我也不會答應你的。」

卓長卿定了定神，一清喉嚨，道：「在下方才既然已敗於閣下之手，閣下便是讓我赴湯蹈火，在下也不會皺一皺眉頭，只是此事……」

溫如玉冷笑了一聲，接口說道：「此事便又怎的？難道有違於仁義道德？難道是人力無法做到的不成？」

卓長卿呆了一呆，俯下頭去，半晌說不出話來，心中千思百轉，卻也想不出該如何回答人家的話。要知道溫如玉讓他所做之事，的確是既無愧於仁義道德，亦非人力無法做到之事，他本該遵守諾言，一口答允，但那溫瑾卻又是他殺父仇人的徒弟……

一時之間，他心中思潮反覆，矛盾難安，不知道究竟該如何是好。只聽得那醜人溫如玉又自冷笑一聲，道：「此事是你親口答允於我的。大丈夫一言既出，駟馬難追，也是你親口所說之話。我只當你真是個言出必行的大丈夫，哪知道——哼哼，如今你卻做出這種模樣來，讓我老人家瞧見了，實在失望得很。」

卓長卿目光一抬，只見這溫如玉目光之中，滿是譏諷嘲笑之意，心中不由熱血上湧，忖道：「古之尾生，與女子約於橋下，女子未至，洪水卻至，尾生寧死而不失信，竟抱橋柱而死。其人雖死，其名卻留之千古。我卓長卿不能盡忠於國，又無法承歡於父母膝下，這信之一字，無論如何也得守他一守。我爹爹昔年是何等英雄，他老人家九泉之下若有知，想必也不願意我做個失信於人的懦夫，讓這溫如玉來訕笑於我。」

一念至此，心胸之間，不覺豪氣大作，朗聲道：「此事既是我親口所說，我自然絕對不會反悔。只是我縱然娶了你的徒弟，三年之內，我仍必定尋你復仇。你若以為我會忘了復仇之事，那你卻是大大的錯了。」

溫如玉冷冷一笑，道：「莫說三年，就算三十年，我老人家一樣等著你來復仇。只怕——哼哼。」

她冷哼兩聲，倏然中止了自己的話，言下之意，卻是只怕你這一生一世若想找我復仇，亦是無望的。

卓長卿心智絕頂，焉有聽不出她言下之意的道理？劍眉微軒，方欲反唇相譏，卻見這紅衣娘娘突然一拂袍袖，長身而起，向卓長卿冷冷瞥了一眼，接著又道：「八月中秋之日，你無論有著何事，也得立刻放下，到那天目山上……」

卓長卿一挺胸膛，朗聲接口道：「縱然我卓長卿化骨揚灰，八月十五那一天，也定要趕到天目山去，閣下大可放心。姓卓的世代相傳，從未有過一人是言而無信之徒。」

溫如玉目光之下，竟似又隱泛笑意，沉聲道：「如此便好。」

目光一轉，轉向那邊已自被困在紅衫舞影中的黃衫少年岑粲，眼中所隱泛的笑容，立時便又換作冷削肅殺之意，緩步走下車子，突又輕輕一拍手掌。卓長卿不由自主地順著她的目光望去，只見掌聲方落，那些紅裳少女便一齊頓住身形，動作渾如一體，全無快慢之分。

而那黃衫少年岑粲，卻是鬢髮凌亂，滿頭汗珠，氣喘吁吁地站在中間，先前那種瀟灑狂傲之態，如今卻已變得狼狽不堪，竟連那雙炯然有光的眼睛，都已失去原有的光彩，望著溫如玉顫聲說道：「家師縱然與你不睦，你又何必恁地羞辱於我……」

話猶未了，竟「噗」的一聲，坐到地上，顯見是將全身精力，全都耗盡，此刻縱然是個普通壯漢打他一拳，只怕他也是無法還手的了。

卓長卿與他雖然是敵非友，但此刻見了他這種模樣，心下仍然大為不忍，緩緩轉過身子，不再望他一眼。

溫如玉冷笑一聲，輕輕做了個手勢，亦自轉身回到車上。那些紅裳少女便將岑粲半拉半扯地扶了起來，一人纖手微拂，在他胸口璇璣穴上輕輕一點，瞬息之間，這行少女，便又扶車而去。只聽那紅衣娘娘冷然回首道：「此刻距離八月中秋已無多久，你還是尋個地方，好好再練練功夫吧。就憑你此刻的身手……哼，只怕還未必成呢。」

卓長卿怔怔地望著她們紅色的身影，漸漸消失在初秋翠綠的林野裡，暗中長歎一聲，只覺自己一生之中，遭遇之奇，莫過於方才和這醜人溫如玉打賭之事了。他雖是聰明絕頂之人，卻也萬萬料想不到，自己這不共戴天的仇人，不惜以自家性命來賭之事，竟是要讓自己來娶她的徒弟。

他不敢想像此事日後將要發展到何種地步，因為此事根本就令人無法思議。站在初秋仍然酷熱的陽光裡，他呆呆地愣了半晌，突又想道：「昨夜快刀會會眾的慘死，不知究竟是誰幹的。難道溫瑾聽了黃山始信峰下鐵船頭裡異獸星蜍的那一段故事，也想將天下武林豪士都誘到這天目山下來，然後也學那星蜍的樣子，將他們一一殺死嗎？」

想到這裡，他全身不禁為之泛起一陣寒意，眼前似乎又泛起十年之前始信峰下，那些蛇蟲猛獸爭先恐後地奔向鐵船頭去的情景，不禁長歎一聲，忖道：「那些蟲獸何嘗不知道自己此去實是送死，但卻仍然無法抗拒那星蜍散發出的香氣，明知送死，還是照去不誤。而此刻這些不遠千里跋涉而來的武林豪士，又何嘗能抗拒那溫瑾在天目山中設下的種種誘惑呢？只怕他們也和那些無知的蟲獸一樣，明知如此，也要去試上一試的了。」

他心念數轉，越想越覺得這天目山中的武林盛會，實是一個極大的陷阱，當下便打定主意，無論如何，自己既然知道此事，就得將這場武林浩劫，消於無形。只是自己該如何去做呢？卻仍然茫無頭緒。

此刻在他身後的林木之中，突然緩緩踱出一個玄服高冠的長髯老者來，腳下穿著的雖是厚達三寸的厚底官靴，但行走之時，卻仍是漫無聲息，而且他出現得又是那麼突然，生像是樹木的精靈，突然由地底湧現，又似乎是許久以前，他便已在那樹林之中，只是直到此刻，他方自現出身形來。

他緩緩走到那俯首沉思著的卓長卿身側，突然朗笑一聲，道：「兄台雙眉深皺，面帶憂色，難道心中有著什麼憂愁之事？」

卓長卿驀地一驚，抬目而望。只見自己身側，赫然多了一個長身玉立、丰神沖夷的長鬚老者，正自含笑望著自己。

陽光耀目，將這老者頷下長鬚，映得漆黑光亮，也映得他那隱含笑意的雙睛，神光宛如利劍。一眼望去，卓長卿但覺此人年紀雖似已近古稀，但神采之間，卻仍瀟灑無比，宛然帶著幾分仙氣。

他方才雖是凝神而思，但自信耳目仍然異常靈敏，此刻見這老者已經來到自己身側，而自己卻仍未覺察，心下又不禁為之駭然，呆呆地愣了一愣，卻見那老者又自朗聲笑道：「千古以來，少年人多半未曾識得愁中滋味。兄台雖然溫文爾雅，但眉目之間，卻是英氣逼人，老夫自問雙目不盲，一望而知，兄台必定是位身懷絕技的少年英雄，絕非那些為賦新詞強說愁的酸丁可比。此刻卻又為著何事，如此愁眉不展呢？」

這老者不但丰神沖夷，而且言語清朗，令人見了無法不生好感。

卓長卿此刻雖對這老者有如幽靈一般的突然出現，大感驚異，卻又不禁為他這種瀟灑神態、清朗言詞所醉，含笑一揖，亦自朗聲說道：「多謝長者垂詢。小可心中，確是愁煩紊亂，不能自已。」

這長髯老者朗聲一笑，捋鬚笑道：「兄台如果不嫌老夫冒昧，不知可否將心中煩愁之事，說與老夫一聽？老夫雖然碌碌無能，卻終是癡長幾歲，也許能為兄台分憂一二，亦未可知。」

卓長卿抬目而望，只覺這老者目光之中，生像是有種令人無法抗拒的力量，長歎一聲，道：「既承長者關懷，小可敢不從命……」

心念一轉，突然想到自己心中無法化解之事，不但有關自己一生的命運，而且是武林之中一件絕大秘密，這老者言語之中，雖似對自己極為關懷，但自己卻又怎能將這種有關武林劫運的生死大事，隨便說出來？一念至此，便頓住了話聲，望著這行蹤詭異，武功卻似絕高的老人，半晌說不出話來。

哪知這老人突又朗聲笑道：「兄台如不願說，老夫實是……」

卓長卿輕喟一聲，接口道：「並非小可不願說與老丈知道，而是此事關係太大。如果是小可一人之事，既承老丈關切，小可萬無不說之理。」

長髯老人微微一笑，道：「兄台既如此說，老夫自然不便再問。只是兄台若將此等關係重大之事隱藏於心，不去尋人商量一下，亦非善策——」

他一捋長鬚，接著又道：「須知一人智慧有限，兄台縱然是聰明絕頂，恐也無法將這等關係重大之事，想出一個適善對策來。與其空在這裡發愁，倒不如尋個知心之人商量商量，老夫與兄台交淺而言深，但望兄台莫怪。」

他又自哈哈一笑，目光炯然，凝神望在卓長卿面上。

卓長卿但覺此人言語之中，句句都極為有理。但他生性謹慎，絕無一般少年飛揚跳脫之性，心中雖覺這老者之話極為有理，卻仍然不肯將此事貿然說了出來，方自俯首沉吟，卻聽這高冠老者又自笑道：「兄台毋庸多慮，老夫並無探詢兄台隱秘之意。兄台如不願說，也就罷了。」

卓長卿暗中一歎，心下大生歉疚之意。須知凡是至情至性之人，便受不得人家半分好處。若是受了人家的好處，他便要千方百計地去報答人家的好處。若教他得了人家的好處而不去報答人家，那卻比教他做任何事都要令他難受些。

此刻卓長卿心中便是覺得，這老者雖與自己素不相識，但無論如何，人家對自己總是一番好意，而自己卻無法報答人家的這番好意，是以心中便生出歉疚之心來。

那長髯老者望著他的面色，嘴角不禁泛起一絲笑容，像是十分得意，只是他這種笑容卻被他的掩口長鬚一齊掩住，卓長卿無法看出來而已。

他呆呆地愣了半晌，心中忍不住要將此事說出來，但忽而又忍了下去。沉吟再三，終於歎道：「老丈如此關懷於我，小可卻有負老丈盛情，實在難受得很——」

長髯老人捋鬚一笑，截斷了他的話，含笑緩緩說道：「兄台如此說，卻是見外了。老夫與兄台雖是萍水相逢，對兄台為人，卻傾慕得很。兄台如不嫌棄，不知可否讓老夫做個小小東道，尋個荒村野店，放懷一醉，一來也讓兄台稍遣愁懷，再者老夫也可多聆些教益。」

卓長卿長揖謝道：「恭敬不如從命，只是叨擾老丈了。」

他心中對這高冠老者，本有歉疚之意，此刻自然一口答允。兩人並肩而行，那高冠長髯老者言談風雅，語聲清朗，一路之上，娓娓而談，卻絕口不提方才所問之事。

頓飯光景，臨安城郭，便已在望。在這段時間中，卓長卿不覺已對高冠老者大生好感，心中暗忖：「這老者不但丰神沖夷，談吐高妙，而且武功彷彿絕高，輕功更彷彿還在我之上。像他這種人物，必定是武林中大大有名的角色。」

一念至此，不由轉首含笑問道：「小可卓長卿，不知老丈高姓大名，可否見告？」

那長髯老者微微一笑：「老夫漂泊風塵，多年以前，便將姓名忘懷了。江湖中人有識得老夫的，多稱老夫一聲高冠羽士。『羽士』兩字，老夫愧不敢當；這『高冠』二字，確是名副其實。是以老夫便也卻之不恭，也自稱為高冠羽士了。」

他朗聲一笑，手指前方，含笑又道：「前面青簾高挑，想必有個小小酒鋪。這種荒村野店，雖然粗陋些，但你我卻可脫略形跡，放懷暢談，倒比那些酒樓飯莊要好得多了。」

卓長卿口中自是連聲稱是，心中卻不禁大為奇怪。這「高冠羽士」四字，雖亦極為高雅，但卻不是聲名顯赫的姓氏。司空老人雖然足跡久已不履人世，但對天下各門各派的奇人異士，都知之甚詳，也曾非常仔細地對卓長卿說了一遍。但卓長卿此刻搜遍記憶，卻也想不出這「高冠羽士」四字的由來。這「高冠羽士」四字，若是那黃衫少年的名字，卓長卿便不會生出奇怪的感覺來。因為那黃衫少年岑粲終究甚為年輕，顯見是初入江湖人物，武功雖高，聲名卻不響，自是極為可能。

而此刻這高冠長髯的老者，不但出現之時有如幽靈一般突然而來，已使卓長卿心中暗駭，後來與卓長卿並肩而行之際，肩不動，腿不曲，腳下點塵不揚，光天化日之下，走得雖不甚快，但卓長卿卻一望而知此人輕功深不可測。

如此人物的姓名，卻是武林中一個極為生疏的名字，卓長卿自然覺得奇怪。心念轉動之中，卻已見這高冠羽士，已自含笑揖客入座，遂也一屏心神，坐了下來，一面心中暗忖道：「無論此人姓名是真是假，人家對我，總是一番好意。也許他亦有不願為外人得知的隱秘，是以不願將真實姓名說出來，我又何苦去費心猜測人家的隱私呢？」

一念至此，心下頓覺坦然。

第十章 恩怨纏結

此刻已是未末申初之交，這間生意本就不佳的酒鋪，在這種午飯已過、晚飯未至的時候，上座自然更壞。

這間只擺了七八張白楊木桌的小小酒鋪，此刻座客除了卓長卿和那高冠羽士之外，便再無別人，酒菜便自然也做得精緻些。

對酌三杯，菜略動著，高冠羽士舉起手中木筷，含笑說：「此間酒既不精，菜亦不美，老夫這個東道，做得豈非太嫌不敬？」

卓長卿微微一笑，方待謙謝兩句，卻聽這高冠羽士笑道：「不過老夫倒可說個故事與兄台聽聽，權充兄台下酒之物。」

卓長卿停杯笑道：「如此說來，小可今日的口福雖然差些，耳福卻是不錯的了。」

高冠羽士朗聲一笑，道：「這故事雖然並不十分精奇，但兄台聽了，卻定必是極感興趣的。」

卓長卿微微一愣，放下手中筷子，問道：「難道這故事與小可有關不成？」

高冠羽士目光之中，突地掠過一絲令人難測的神采，緩緩說道：「此事不但與兄台有關，而且關係頗大。」

卓長卿不禁又為之一愣，暗自忖道：「這高冠羽士與我本來素不相識，又怎知此事與我大有關係？何況我初入江湖，武林故事與我有關係的，更是少而又少——」

一念至此，心下不覺大奇，對這「高冠羽士」的身分來歷，先前雖已坦然，此刻卻又不禁開始疑惑起來。

高冠羽士目光一轉，嘴角似又掠過一絲得意的笑容，緩緩說道：「三十年前，武林之中有著一對名聞天下的俠侶，那時兄台……哈哈，兄台年紀較輕，自然不會知道這兩位的大名。可是三十年前武俠中人提起梁孟雙俠，卻絕不會有一人不知道的。」

他語聲微頓，店夥恰好又送上一樣菜來。他伸出筷子，夾了一筷，咀嚼半晌，停著笑道：「這館子別的菜做得雖不甚佳，這魚雜豆腐卻是極為不錯的，兄台不妨先嘗兩口。」

卓長卿無可奈何地伸出筷子，夾了一筷，心中卻是思潮百轉，又是驚奇，又是奇怪，哪有心情去吃這浙江省內臨安城外一間小小鄂菜館子的魚雜豆腐。

他口中一面咀嚼著魚雜豆腐，一面卻不禁在心中暗地思忖：「這梁孟雙俠縱然名震江湖，卻又與我有什麼關係？」

卻見這高冠羽士好整以暇地淺淺啜了口酒，方自接著說道：「這梁孟雙俠在武林之中，聲名顯赫無比，武功卻並不甚高強。他們在武林中得享盛名的原因，只是因為這夫婦兩人，俱都美絕天人。女的固然是沉魚落雁、閉月羞花，男的更如玉樹臨風、英姿颯爽。武林中人先還有些蕩婦淫徒，想打這兩人的主意，只是他們夫婦兩人，不但情感極深，而且彼此之間，俱是相敬如賓。十數年間，他夫婦兩人遍歷江湖，武林中卻從未有人見過那梁同鴻對孟如光偶出疾言，也從未有人見過那孟如光對梁同鴻稍有厲色的。」

卓長卿心中暗歎一聲，忖道：「得妻如此，夫復何憾。」轉念卻又不禁暗忖：「只是這兩人與我又有何干係？」

想來想去，還是無法猜出這高冠羽士說這故事的真意來。只見他語聲微頓，略喘了口氣，又道：「武林中，一些正派俠士，見到莽莽江湖之中，居然還有這樣一對夫妻，對這梁孟二人，自是大生好感；那些蕩婦淫徒見到這兩人在江湖中人緣如此之好，也就將滿腔邪心慾火，強自忍了下去。」

卓長卿暗皺眉頭，心中轉念，直到此刻，這高冠羽士所說的故事，雖然動聽，卻仍然和自己毫無關係，心下方自奇怪。

抬目望去，卻見這高冠羽士的一雙電目，正自凝目望著自己，目光之中似笑非笑，接著又道：「他們夫婦兩人將大河兩岸、長江南北遊歷一遍之後，足跡便遠至苗疆。這對夫婦一生之中，平穩安靜，他們卻再也想不到，在暢遊苗疆之際，會遇到一個令這對被武林羨慕不已的俠侶夫婦從此魂歸離恨的武林魔頭。」

聽到這裡，卓長卿不由全身一震，推杯而起，脫口問道：「難道此人便是那醜人溫如玉？」

高冠羽士哈哈一笑，將面前的一杯花雕，仰首一乾而盡，道：「不錯，此人正是那被天下武林同道稱為紅衣娘娘，卻自稱醜人的溫如玉！」

一時之間，卓長卿但覺心胸之中，怒火沸騰，幾乎忘了這高冠羽士怎會知道自己和那醜人溫如玉有著深仇，脫口又道：「這醜人溫如玉難道又將這對神仙俠侶雙雙害死了嗎？」

高冠羽士微微一笑，頷首道：「這溫如玉自稱醜人，其實『醜』的一字，還遠不足以形容其人，哪知她卻偏偏看上了那美如子建的梁同鴻。試想梁同鴻有妻如花，而且溫柔賢慧，卻又怎會對這貌似無鹽的醜人溫如玉稍假辭色呢？」

他長歎一聲，目光仰視，接著又道：「於是這溫如玉因愛生妒，因妒生仇，竟將一生之中謙謙自守，在武林裡從未與人結過樑子的梁同鴻，一掌擊斃在他的愛妻面前。」

卓長卿耳邊轟然一聲，全身亦不禁為之一震，心胸之間，像是被人重重地擊了一拳，雙目直視，茫然忖道：「爹爹他老人家一生之中，不但是個謙謙自守的君子，而且是個急人之難的俠士，但是……他老人家又何嘗不是被這萬惡的魔頭，一拳擊斃在自己的愛妻面前。」

一念至此，兩行淚珠，便不能自止地沿著面頰緩緩落了下來，落在他身上穿著的玄色長衫上，卻又毫不停留地從衣上滑落了下去。

那高冠羽士凝注在卓長卿面上的目光，亦隨著他的淚珠緩緩移下，一絲令人難測的光彩，便又在他的目中閃過。

但等到他的目光轉到那兩滴由卓長卿的玄色衣衫上滑落的淚珠時，他雙目中所顯示的神采，卻全然變為驚愕了。

這幾乎是一件無法思議的事，因為那淚珠幾乎是毫不留滯地自衣衫上滑下，那麼，這該又是什麼質料製成的衣料呢？

於是他的目光不由自主地在這件玄色的衣衫上停留了半晌，雙眉微微一皺，似乎想起了什麼，但瞬即接著歎道：「梁同鴻一死，孟如光自然痛不欲生，只是這可憐的女子那時已有了五個月的身孕，為了這點梁氏骨肉，孟如光縱然想死，但在這種情況下，卻也容不得她就此一死了。」

他沉重地歎息一聲，但你如果聰明，你可以發現他這聲沉重的歎息聲中，幾乎全然沒有惋惜和哀傷的意味。

但卓長卿此刻正是悲憤填膺，淚如泉湧，又怎能發覺他歎息聲中的真意呢？

高冠羽士微一捋鬚，便又歎道：「生死之事，雖是千古之人最難以勘破之事，但欲死不能，卻遠比求生不得還要痛苦得多——」

他竟又自微微一歎，接道：「兄台，你年紀還輕，雖是絕世奇才，但對人世之間的一些悲慘之事，終究不如我這歷盡滄桑的傷心人體會得多。試想那梁同鴻與孟如光本是江湖中人人羨慕的神仙眷屬，但如今鴛鴦失偶，本已痛不欲生，如能同穴而死，則情天雖已常恨，比翼之鳥可期，也還能含笑於九泉之下，但如今欲死卻亦不能，唉——人世間最淒慘之事，怕也莫過於此了。」

他雙目微合，面目之上，露出了頗為哀痛的表情來，稍微一頓，又道：

「那天似乎是冬天，苗山之內，天時雖較暖，但仍是凜風怒吼，葉落滿山，只差沒有下雪而已。孟如光伏在梁同鴻的屍身上，哀哀地痛哭著，哭聲與風聲相和，便混合成一種令人不忍卒聽的聲音。」

「但是那醜人溫如玉，竟將這對已成死別的鴛鴦，還要生生拆開，將那梁同鴻的屍身，葬在高貢黎山右的穴地之中，卻將孟如光軟囚在高貢黎山左的一個所在，也不將她置之死地，因為這心如蛇蠍的魔頭知道，與其將她殺死，還不如這樣更要令她痛苦得多。」

他一拍桌子，又道：「不但如此，這醜人溫如玉更想盡了千方百計，去折磨這可憐的女子，但是孟如光卻都忍受了下來。」

這高冠羽士說話之時，不但語聲清朗，而且加以手勢表情，將這個本已是慘絕人寰的武林故事，描述得更是淒慘絕倫。

卓長卿本是傷心人，聽到這種傷心事，自然更是如醉如癡，一時之間，但覺醉從中來，不能自已，竟忘了再想這故事究竟與自己有何關係。

高冠羽士目光一轉，接著又道：「直到那梁同鴻的親生骨血生下來的那一天，孟如光便將那女孩子交給一個在這數月內，在苗疆中結識的一個知己，再三囑咐叮嚀之後，便夾著滿腔悲憤，去尋那醜人溫如玉，去報那不共戴天的殺夫深仇。」

「只是她的武功，卻又怎比得上那身懷異稟、武功絕世的溫如玉呢？不出三招，這恨滿心頭的可憐女子，也就魂歸離恨天了。」

卓長卿劍眉怒軒，再也忍不住心中怒火，「啪」的一聲，重重一拍桌子，將桌上的杯盞碗筷，都震得直飛了起來。

高冠羽士微喟一聲，道：「人世之中，悲慘之事原本遠較歡樂之事為多，兄台也不必為此事太過悲憤。唉——不如意事十常八九，人生處世，得過且過，若是十分認真起來，那只怕誰也不願在世上多活一日了。」

卓長卿雙眉微蹙，朗聲道：「若是人人俱做如此想法，那人世間，魑魅豈非更加橫行，群魔亂舞，真正安分守己之人，還有處身之地嗎？」

高冠羽士朗聲一笑，道：「兄台既有如此仁俠之心，老夫自然欽佩得很。」

他笑容一斂，便又歎道：「只是老夫雖是如此說，對那溫如玉的憤怒之心，卻也未見就在兄台之下哩。」

「那溫如玉將孟如光擊死之後，竟將孟如光的屍骨，火化成灰，撒在高貢黎山右，讓她隨風而去，永生永世也不能和梁同鴻聚在一處。」

卓長卿心念一轉，忍不住問道：「難道這女魔頭斬草不欲除根，竟將那梁同鴻的親生骨血，輕輕放過？」

高冠羽士微微一笑，道：「兄台這一問，卻也未免將那溫如玉看得太過簡單了。」

卓長卿俯首沉吟半晌，心中突地一動，道：「難道那孟如光自認是自己知己的人，卻是溫如玉早已預先安排的嗎？」

高冠羽士猛地一擊手掌，頷首笑道：「老夫早說兄台聰明絕頂，心智之機巧，確是超於常人。那醜人溫如玉果然早已將自己的心腹，安排在孟如光左右，故意對這可憐女子作出同情之態。那孟如光在那種瀕臨絕境的情況之下，有人對她有三分好處，她便當作十分，何況這人對她本是蓄意結納，她自然也就難免將這人當作自己的患難知己。」

卓長卿長歎一聲，道：「那孩子落到那醜人溫如玉手中，豈非亦是凶多吉少？」

高冠羽士搖首笑道：「兄台這一猜，卻猜錯了。」

卓長卿微微一愕，暗地尋思道：「難道這孩子也和我一樣，被一武林異人，救出生天嗎？」

卻聽高冠羽士又道：「那溫如玉非但未將這孩子置之死地，卻反而對她愛護有加——」

卓長卿不禁又自接口問道：「難道這孩子長得與那梁同鴻十分相像，那溫如玉將自己對人家的單相思，都移到這孩子身上了？」

高冠羽士撫掌歎道：「兄台事事洞燭先機，確是高人一等，老夫的確欽佩得很——」他話聲一頓，又道：「溫如玉一生之中，恨盡天下之人，對這孩子，卻是愛護倍於常人，竟將自己的一身武功，都傳給了這孩子——」

卓長卿劍眉一軒，突地長身而起，脫口問道：「難道這孩子便是她那弟子溫瑾？」

高冠羽士微一頷首，目光緩緩移注到他面目之上，只見他神色之中，又是錯愕，又是驚奇，卻又有種無法描測的喜悅之意，生像是他再也料想不到，自己心中一個無法化解的死結，竟在這剎那之間化解開了。

高冠羽士便一笑說道：「人道舉其一而反之三，便是世上絕頂聰明之人，不想兄台之聰明才智，尤在此輩之上，老夫實是口服心服的了。」

他微一撫掌，便又正色說道：「此一可憐之孤女，正是被那醜人溫如玉將其終身交托於兄台的溫瑾了——」

卓長卿面容一變，接口道：「難道老丈先前便在樹林之中，將小可方才與那醜人的談話，全都聽到了？」

高冠羽士哈哈一笑，道：「不瞞兄台說，老夫萍蹤寄跡，到處為家，方才走得累了，便在那樹林之中，尋了個木葉濃密的枝丫，歇息了下來，卻不想無意之中，竟將兄台與那醜人溫如玉的答話，全都聽到耳裡，但望兄台不要怪罪於我。」

卓長卿頎長的身軀，像是頓然失去了支持的力量，緩緩地又坐了下來，目光越過桌子，卻仍然停留在那高冠羽士的身上。

在這剎那之間，他心中怒潮般地翻湧起許多驚詫與疑惑。

他甚至開始懷疑，這高冠羽士將這故事告訴自己的用意，暗中尋思道：「此事糾纏複雜，可說隱秘已極，這高冠羽士又怎會知道的呢？他口口聲聲說自己是個漂泊風塵的武林隱士，但以他的身分，本應萬萬不會知道這魔頭溫如玉的隱秘之事的呀！」

於是這高冠羽士的身世來歷，便再一次成為他心中困惑難解之事。

「他到底是誰呢？如此交結於我，又有什麼用意？」

卓長卿暗問自己，只是他亦自知道這問題並非自己能夠解答的。

只見那高冠羽士伸手一捋頷下漆黑的長髯，笑容斂處，神色之間，突地變得十分莊穆，目光之中，更是正氣凜然。

卓長卿雖對此人大起疑惑之心，但卻再也無法從此人身上，看出一些奸狡之態來，俯首沉吟半晌，方自答道：「老丈對此等隱秘之事，坦誠相告於我，小可感激還來不及，焉有怪罪老丈之理？」

高冠羽士微喟一聲，正容說道：「此事不但極為隱秘，而且關係頗大。武林之中，知道此事的，可說是少而又少，就算那些曾經參與此事的溫如玉的親信苗人，事後亦都被這女魔頭殺卻滅口。要知道那梁孟雙俠生前交遊頗眾，溫如玉雖然驕橫跋扈，兇焰甚高，卻也不敢將此事洩露出去，唯恐有人尋她復仇。」

他話聲微微一頓，又道：「武林中人雖然奇怪這梁孟雙俠怎會突地失蹤，但時日一久，也都逐漸淡忘。然而那醜人溫如玉卻將此事隱藏得越發嚴密，為的是那孤女溫瑾已經長大成人，溫如玉自然不願讓她知道自己曾經害死她的父母。唉──梁孟雙俠九泉之下，若還有知，知道自己的獨生愛女，竟對溫如玉千依百順，奉之如母，真是死難瞑目了──」

他又自長歎一聲，像是十分悲哀的樣子。卓長卿劍眉一軒，突地問道：

「此事既是恁地隱秘，卻不知老丈又是怎麼知道的？」

高冠羽士微微一笑，神色之間，絲毫未顯驚慌之態，緩緩說道：「老夫壯年之時，曾經深入苗疆採藥，在荒山之中，遇見一個垂死的苗人，這苗人便是曾經參與此事，又被溫如玉殺之滅口的。他臨死之際，將這件事告訴了我，還讓我為他復仇，只是——」

他語聲微頓，歎息一聲，方自接口道：「我自問武功不是那溫如玉的敵手，又不敢將此事隨便告訴別人，是以便只有任憑這件慘絕人寰之事，在武林中隱藏如許多年。唉——其實老夫卻是時時刻刻想將此事了卻的。」

他目光一抬，筆直地望向卓長卿，沉聲又道：「如今我將這件在武林中，已近湮沒的秘聞告訴兄台，兄台可知道是為什麼嗎？」

卓長卿道：「正想請教。」

高冠羽士目光微轉，正色又道：「兄台少年英俊，不但聰慧絕人，而且正氣凜然。老夫自問雙眼不盲，行走江湖，亦有數十年，卻從未見過有如兄台這樣的少年俠士。想那溫如玉明知與兄台仇不可解，卻仍然將自己唯一愛護之人託付給兄台，因此可知，這女魔頭雖然是驕橫凶酷，對兄台卻也是十分器重的。」

卓長卿微一擺手，正待謙謝幾句，卻聽這高冠羽士又道：「老夫與兄台萍水相逢，便將這等重大之事，告訴兄台，為的是想請兄台將此事了卻，也免得梁孟雙俠冤沉海底。老夫雖已老朽，但為著此事，只要兄台有用得著老夫之處，老夫也願拚盡全力，以供鞭策。」

卓長卿劍眉微軒，朗聲道：「這等淒慘之事，莫說與小可尚有關係，只要小可知道，也萬無袖手之理，只是——」

他長歎一聲，緩緩垂下目光，接口又道：「那溫如玉的武功，的確是驚人無比。小可也不是她的敵手，是以——唉，小可連自家的殺父深仇，都無法報得，又怎能替老丈效力呢？」

高冠羽士捋鬚一笑，道：「這個老夫也知道。兄台武功雖不如那醜人溫如玉，卻也未見相差多遠，只要兄台稍加智計，便不難將此魔頭除去。」

卓長卿微一皺眉，心念數轉，突地說道：「老丈可是要小可將此事告訴溫瑾，讓她們兩人之間，先起衝突，然後——」

高冠羽士撫掌笑道：「兄台確是驚世絕才，萬事俱能洞悉先機。想那溫瑾若是知道她自己奉之以母的恩師，卻是自己不共戴天的仇人，焉有不為自己父母復仇之理？那溫如玉一生孤僻凶殘，對她卻是千真萬確地真心愛護，溫瑾縱然對她動手，她卻是必定不會傷害溫瑾，甚至還會心甘情願地讓溫瑾殺死亦未可知——」

卓長卿目光動處，只見這高冠羽士目光之中，得意已極，生像是與那醜人溫如玉也有著什麼深仇大恨一樣，心中不禁一動，接口問道：「既是如此，老丈何不直接將此事告訴溫瑾？」

高冠羽士伸手取起面前酒杯，啜了一口，神色不變地說道：「老夫若直接將此事說出，那溫如玉若是知道，豈肯放過我？唉——老夫老矣，昔年豪氣，今已消去，也變得有些貪生畏死起來。唉——說來的確汗顏得很。」

他放下了酒杯，不等卓長卿說話，卻又自顧接著往下說道：「方才我在林木之中，見到兄台獨立長歎，便知道兄台心中，一定是為著兩事憂煩，不能自解——」

他微微一笑，接道：「兄台所煩憂的第一件事，自是為了那溫如玉要叫閣下娶溫瑾為妻，那時兄台還不知道此中內情，心中極為不願和自己不共戴天仇人的徒弟結為夫婦，但卻又答應了那溫如玉，因之心中煩惱，卻又無法向人說出，更無法求人幫助。老夫若是猜得不錯，那麼兄台心中第一件煩惱，此刻想必不會再有了。」

卓長卿軒眉一歎，朗聲接道：「若論凡事俱能洞悉先機，只怕老丈還要遠在小可之上哩！」

心中卻在暗中尋思道：「方才我僅只在林邊歎息一聲，這高冠羽士便已猜中我的心事，但他明明已知我是為了何事歎息，卻又為何要再三追問我？看來此人外貌雖是光明磊落，心中卻不知對我暗藏著什麼心機呢！」

目光抬處，只見那高冠羽士又自捋鬚一笑，緩緩地說道：「老夫遇事，雖也能事先猜著三分先機，遇人也能猜中別人三分心事，但這不過是全憑老夫漂泊人海數十年，積得的一點閱歷經驗而已，怎比得兄台年輕英俊，天縱奇才？唉！兄台若是到了老夫這等年紀，普天之下，無論心智、武功，只怕再也找不到一個能與兄台頡頏之人了。」

卓長卿微笑一下，口中謙謝不已，心中卻又自尋思道：「這高冠羽士自從一見我面，每一句話中都少不了恭維我兩句。他武功顯然較我高些，年齡更比我大了許多，竟對我如此客氣，卻又是為的什麼？」

他閱歷雖淺，但方才已覺這高冠羽士有些可疑之處，此刻更覺得他如此結交自己，必定有著什麼深意。

高冠羽士手中輕撚長髯，見到他瞪著眼睛出神，一笑而道：「兄台心中所憂慮著的第二件事麼，老夫此刻也猜上一猜，如若老夫猜得不錯，那麼──」

卓長卿微笑接口道：「莫非老丈對小可這第二件心事，也有什麼化解的方法麼？」

高冠羽士笑容一斂，正容說道：「老夫與兄台雖然是浮萍偶聚，相識甚淺，但也已看出兄台非但天資絕頂，聰慧超人，而且是個生具至情至性的熱血男兒。兄台心中所在憂慮的第二件事，倒不是為著兄台自己，卻是為著成千成百不遠千里趕來的武林豪士。」

他語聲一頓，目光直注卓長卿的面目之上，緩緩又道：「老夫方才所說的話，絕非故意恭維，確實句句出自肺腑，而老夫自信雙眼不盲，對兄台的為人，也不會看錯，是以……」

他微微一笑：「老夫自信這第二件事麼，也萬萬不會猜錯。」

他目光一轉，卻見卓長卿正自含笑凝神傾聽，卻並不答話，便又接道：

「紅衣娘娘溫如玉蟄居苗疆四十年，一向不大過問武林中事，這卻並非因她生性恬淡，無意名利，而是她對武林中的一些前輩異人，心存畏懼，是以不敢出來為非作歹而已。」

「但近年來，這些前輩異人，不是已經物化仙去，便是封劍已久，再也不問世事。這紅衣娘娘靜極思動，早就想在江湖間掀些風浪，這『天目之會』，名雖是為其徒擇婿會友，其實卻是這位魔頭想借機將天下武林豪士一網打盡。這點兄台想必也從她說話之間看出來了，是以兄台便在憂鬱，如何才能將武林中這場劫難消弭。」

他略微歇息一下，卓長卿心中卻怦然一動，接口問道：「難道老丈有何妙策，能解開小可心中這件憂鬱之事嗎？」

高冠羽士微笑一下，目光之中，淡淡掠過一絲極為得意的神采，端起面前酒杯，仰首一乾而盡，含笑說道：「老夫這第二件事，猜得還不錯吧？」

其實卓長卿方才那句話，已無殊告訴他自己心中所憂慮的正是此事，是以他便根本不必等待回答，又自斟了一杯酒，接著說道：「此事的確並非易與，難怪兄台心中憂鬱。想那紅衣娘娘在天目山中設下的香餌，俱是武林中人夢寐難求之物。這些人不惜遠道而來，兄台若在此刻加以阻止，他們又怎會心甘情願地放棄，又怎會相信兄台的話？只怕他們還當兄台想獨吞這些珍寶呢！」

卓長卿一皺雙眉道：「是了，想他們又怎會聽從我的話，心甘情願地放棄這些珍寶呢？唉——那醜人溫如玉不知在天目山裡，設下什麼古怪花樣、惡毒陷阱，可憐這些人卻一點也不知道。」

這個初涉江湖的少年，雖然對那高冠羽士已生疑惑之心，但此刻卻又不禁為他的這番言語所動，竟又將心中盼話說了出來。

高冠羽士故意俯首沉吟半晌，抬頭一笑，緩緩說道：「老夫方才對兄台說的那個故事，不但能將兄台心中第一件憂慮之事化解，兄台這第二件心事，卻也要依靠這個故事，才能化解得開。」

卓長卿不禁為之一怔，說道：「這是為了何故呢？」

高冠羽士一笑道：「兄台若在會期之前，趕到天目山去，將老夫方才所說的那個故事，一字不漏地對那溫瑾再說一遍，那麼——哈哈！」

他仰首狂笑數聲，接著又道：「想那溫瑾若是稍有人性，怎會再有半刻遲疑？必定立即去尋那女魔頭報仇。兄台若在旁邊稍加援手，那紅衣娘娘武功再高，卻也不見得能逃出兩位的手下，哈哈——昔年梁孟雙俠，夫唱婦隨，天下豔羨，今日兄台與那位溫姑娘，不但同仇敵愾，而且珠聯璧合，此番若能聯手誅此魑魅，又將為武林添一佳話。」

他笑容滿面地舉起面前酒杯，大笑又道：「這麼一來，元兇既除，天目之會，就算能夠如期舉行，但那魔頭設下的諸般陷阱，想必也將變成兄台與溫姑娘的迎賓戰宴，這場武林劫難，豈非消弭於無形？來，來，且容老夫先敬兄台一杯。」

仰首一乾而盡，抬目望去，卻見卓長卿雙目望著面前的酒杯出神，雙手放在桌上，動也未動，對那酒杯碰都沒有碰一下。

高冠羽士面容微變，舉著酒杯的手，半晌放不下去。在這一瞬間，他面上的表情，突地變得十分獰惡，先前那種凜然的正氣，也自消去無影，只是卓長卿目光低垂，並未看到而已。

等到他那微帶迷惑的雙目，緩緩自酒杯移到高冠羽士面上的時候，這高冠羽士面上的獰惡之色，竟又從他嘴角所泛起的一絲微笑中化去。

於是，直到很久很久以後，他還是無法知道這高冠羽士究竟是何許人物，也未能知道此人的真正來意。

被潮水淹沒的沙灘，等到潮水退去的時候，依然是原來的樣子。沙灘上的沙粒和貝殼，雖然會因之潮濕，但是潮水也會很快地退去的，那麼，被虛假掩飾著的秘密，恐怕也不會隱藏多久吧？

卓長卿抬起頭來，兩人目光相對，高冠羽士突又笑道：「只是老夫還忘了告訴兄台一事，此刻那天目山上，正如兄台所料，早已埋設下許多雖是考較群豪武功，其實卻是暗害群豪的陷阱設施。這些設施之中，究竟包含著什麼惡毒花樣，老夫雖然不甚清楚，但老夫卻知道那魔頭溫如玉，不但在這些本應光明正大，用做考較武功的五茫珠、羅漢陣、線香渡一類設施之中，暗設下許多詭計，而且還唯恐這些詭計不夠惡毒，害不到別人。」

卓長卿意動心驚，現於神色，轉眉怒道：「她便又怎樣？」

高冠羽士生像是不勝感慨地長歎一聲，接著又道：「這魔頭竟在一年中，將一些久已金盆洗手的綠林巨寇，或是一些蟄伏塞外、遁跡邊荒、久已不容於武林的江湖妖魔，暗中請來，做這些設施的主持之人。一些武功特高的武林豪士，就算能僥倖逃出他們設下的惡毒陷阱，卻也不能逃出這些巨寇妖魔的毒手，就算他們再能逃出毒手，甚至將這些妖魔擊斃，可是等到他們最後到達那溫如玉設下的主播之時，卻已早就精疲力竭，只怕連她的輕輕一擊，都無法抵擋了。」

這高冠羽士一口氣說到這裡，只聽得卓長卿心胸之間既是驚懼，又是憤慨，竟也沒有再去想一想，這些極為隱秘之事，與世無爭的高冠羽士又怎會知道的呢？

卻聽高冠羽士歎息著又道：「她一計連著一計，這連環毒計，為的不單是要將天下的武林豪士一網打盡，而且連那些被她或以利誘，或以名動，從各地請來的巨寇妖魔，竟也在她除去之列。到那時候，武林之中，她一人唯我獨尊，才算稱了她的心意。」

一時之間，卓長卿面容陣驚，陣怒，突地長歎一聲，復又低語道：「小可年齡極幼之時，曾在黃山始信峰下，遇著一件驚人之事。小可當時雖未目睹，但這件事在小可心中，卻始終記憶鮮明。」

他又自沉聲一歎，接著說道：「那是十多年以前的事了，我卻一直在奇怪，那毒物星蜍，為什麼在將一些兇暴惡毒的毒蛇猛獸除去之外，卻又要去殘害那些無害於人的綿羊馴鹿，這豈非是件難以理解之事，唉——此刻我才知道，原來人類之中，竟也有著像星鵌一樣的邪惡之物。」

他低低地說著，而且說得非常凌亂，但當他在說著這些話的時候，那高冠羽士面上的神情，卻像是非常激動。

店裡的店夥計，遠遠站在門口，厭惡地看著這兩個久坐不走的客人，只見他們忽而大笑，忽而長歎，忽又滔滔不絕地說著話，心裡大為奇怪，不知道這一老一少兩人，究竟是幹什麼的。

高冠羽士定了定神，方自說道：「老夫此刻只要告訴兄台，便是兄台此次若真的不惜冒險，先就趕到天目山去，縱然那魔頭溫如玉，已將兄台看成她愛徒的乘龍快婿，不會加害於你，但那些生性凶惡的巨寇妖魔，卻未見會放過兄台，兄台武功雖高，但雙拳不敵四手，唉——」

他故意長歎一聲，方自接道：「老夫與兄台一見如故，為著兄台著想，這天目山麼——」

語聲又一頓：「不去也罷。」

暗中一瞟，眼角只見卓長卿果已劍眉怒軒，義憤填膺，竟自伸出手掌，在桌上猛地一拍，朗聲道：「老丈怎的如此輕視於我！那天目山上縱然是刀山劍海，我此番也要去闖它一闖。卓長卿雖然不才，但路見不平，尚要拔刀相助，為著天下武林朋友的命運，我卓長卿又何惜性命？就算是兩肋插刀，粉身碎骨，我也不會皺一皺眉頭。」

高冠羽士俯身整理著被卓長卿一掌震倒的杯盞，於是，他眼中所流露出的那種得意而獰惡的目光，卓長卿便又無法看到。

且說臨安城裡——

多臂神劍雲謙父子，以及那飛騎奔來報凶訊、求援手的大漢，又怎會知道他們所焦急等待著的卓長卿，不但已經見著他自己不共戴天的仇人，而且還遭遇到這些複雜而奇異的事。這一日之間所發生的事，不但使得卓長卿的命運為之改變，甚至天下武林中人的命運，也受到影響，這卻也是臨安城裡的雲氏父子無法預料得到的。

一陣風吹來，吹散了西天的晚霞，月亮卻從東邊升起了，又是一個有月有星的晚上。

卓長卿從那小小的鄂菜酒鋪，漫步走出，他的態度雖然仍是那麼從容而安詳，但是他的心緒，卻遠不及外表安定。

方才，太陽剛剛隱沒的時候，那高冠羽士就起身告辭，臨走的時候，還道：「老夫與君一席長談，更覺得兄台是武林中百年難見、不可多得的少年俠士。對此番武林浩劫，兄台想必能有一妥善安排。老夫方才絮絮所言，不過是給兄台一個參考而已。兄台如能將此浩劫消弭，則不但老夫幸甚，亦是武林中千百同道之幸了。」

卓長卿默默地聽著他的話，長揖相送，自己卻仍然坐在那間小小的酒鋪裡，沉思良久。這高冠羽士的一席話，雖然使他明白了許多他以前不知道的事，卻也替他添了許多疑雲。

天就晚，暮雲四合，酒鋪中的食客自然也多了起來，見到他一個人坐著發愣，都不禁投以詫異的眼色。他覺察到了，便也走了出來。風越來越涼，日間的溽暑之意，此刻已為之盡消。但是他的心，卻仍然沉悶得很，還是不知道自己此刻究竟該如何做。

方才半日之間，那高冠羽士滔滔辯才，雖然使得卓長卿將自己對他的疑惑之心消去不少，但此刻卓長卿沉思之下，卻又不禁開始覺得此人可疑，不住地暗自尋思道：「此人雖是可疑，但他所說的話，卻是極為合理的呀！我若真能在會期之前，將那醜人溫如玉除去，那麼此場劫難，便在無形之中化暴戾為祥和，甚至那溫瑾……」

想到溫瑾，他不禁暗中歎息一聲，中止了自己的思潮。目光抬處，只見暮色之中，已然依稀顯出城郭的影子，他知道臨安到了。

遠遠望去，臨安城裡，萬家燈火，依稀可見。這在當時尚未十分繁華的山城，此刻卻是冠蓋雲集，笙歌徹夜不絕。甚至百里以外的流螢，都飛到這裡來。喬遷手中所持的那三幅畫卷，在江湖之中掀起的風浪，不可謂之不大了。

卓長卿徐然走入臨安城，只見城中鬧市之上，家家燈火通明，不時有三五勁裝佩刀的彪形大漢，把臂高歌而來。從酒樓高處飄下的呼五喝六之聲，更是時時可聞。昨夜的流血慘劇，雖然使得這山城一度陷於恐懼之中，但城中的這些武林豪士，本是刀頭舐血的朋友，僅只一夜，便生像是將那流血的景象忘卻了。

卓長卿不禁暗中歎息一聲，忖道：「這些人不遠千里而來，只道名劍美人，俱已在望，至不濟也可看一場熱鬧，弄幾百兩銀子回去，又有誰知道自己已將大禍臨頭呢？」

心念一轉，便又想到多臂神劍雲氏父子，忖道：「雲老爺子他老人家見多識廣，不知道有沒有看出此事的端倪來？」

他雖是聰明絕頂之人，但此刻心中卻有著一種茫然不知所措的感覺，心裡雖然很想找那老於世故的多臂神劍商量一下，但卻又覺得此中牽涉，有許多事竟難以出口。

一時之間，他心中思潮又自翻湧，不能自決，暗歎一聲，又忖道：「無論如何，我總該先找到他老人家再說。反正此刻離會期還有幾日光景，稍遲一日，我再上天目山去，亦不為遲——」

他突然驚訝地阻止住自己的思慮，因為他自家亦不知在什麼時候，也自認為如要消去這場劫難，就非得聽從那高冠羽士的話不可。但是他內心隱隱約約之間，卻又覺得那高冠羽士不甚可靠，甚至姓名都可能是假冒的。

是以他此刻才覺得有些驚訝，驚訝之中，卻又不禁忖道：「我怎的如此糊塗，方才竟忘了問他那醜人溫如玉布下的陷阱，究竟是在何處？想那天目山乃海內名山之一，綿亙何止百里，我若漫無目的地去亂找一氣，只怕找個五天也無法找到。」

又忖道：「呀！我甚至連雲老爺子此刻究竟是落腳何處都不知道呢！這臨安城如此大，要想找一個人的下落，怕不比那更要難些。」

皺眉沉吟，漫步良久，心中突又一動，不禁暗中失笑道：「我怎的如此笨法！想那雲老爺子，乃是武林中大大有名之人，他住在什麼地方，我只要問問人，想必總會有人知道的吧！」

這少年此刻正是思潮百轉，紊亂不堪，甚至連原有的聰慧都消去幾分。此刻一念至此，腳步微頓，方想找個武林朋友，詢問一下那多臂神劍雲氏父子的落腳之處。

哪知——

他目光方自一轉，耳中卻聽得一股奇異的樂聲，若有若無地從城外傳來。此刻城中雖然喧嘩，但這種樂聲一經入耳，卓長卿毋庸仔細凝聽，便知道又是出自今晨所見那些紅衫少女手中所持的似簫非簫、似笛非笛的青竹之中。

他心中不禁為之一驚，忖道：「難道那醜人溫如玉，此刻竟也到這臨安城裡來了？」

卻聽這種奇異的樂聲，由遠而近，越來越為清晰，何消片刻，不止卓長卿聽得清清楚楚，就連那些正在街頭漫步，或是正在酒樓熱飲的人，也俱都聽到這種奇異的樂聲。

於是路上的行人，為之駐足，酒樓中的食客，也探出頭來，想看看這究竟是怎麼回事。放眼望去，只見人人面上都帶著驚異之色，因為這些久闖江湖的武林豪士，雖然看來俱都在消閒尋樂，其實心裡又何嘗不是人人暗中警戒著。這臨安城此刻正是多事之秋，隨時都可能有突來的災禍，降臨到大家頭上。

第十一章 玉女金帖

一盞精緻的銅燈，放在靠牆的長几上，柔和的燈光佈滿了這間廳房。

廳房的後面是一間臥房。廳房和臥房都不大，然而多臂神劍能夠找到這樣的落腳之處，卻也並非是件易事。

因為，此刻這風雲際會的臨安城，的確是太擁擠了。你若不是像多臂神劍以及雲中程這種德高望重，而且名重武林的江湖前輩，只怕要找一席安身之地都極為困難，何況是這樣有廳有室的套房。

此刻，多臂神劍雲謙正坐在面對著窗子的巨大靠椅上。窗外是一個小小的院子，不時有歡笑的聲音從窗外傳來，使得那沉重的夜色，看來有種令人興奮的光彩。

但是，這曾經叱吒一時的武林前輩的面色，卻是憂鬱而沉重的。

坐在他對面的雲中程，見到他爹爹的神色，不安地問道：「爹爹，時候已經不早了，你老人家可要到外面吃些東西？」

雲謙緩慢地搖了搖頭。燈光照在他臉上，使得他臉上的皺紋，看來極為清晰。雲中程長長地歎息了一聲，又道：「長卿弟年紀雖輕，但是武功卻高得驚人，而且又極為聰明，無論在什麼情況下，都不會出什麼差錯的，你老人家又何必擔心呢？」

多臂神劍濃眉微皺，突又歎道：「我擔心的倒不是長卿，而是——」

話聲突地一頓：「中程，你可知道喬遷這些日子跑到哪裡去了？我想問問他——」

話猶未了，他話聲竟又一頓。雲中程不禁亦自一皺劍眉，奇怪他爹爹今天說話怎的會如此吞吐，哪知卻聽雲謙沉聲叱道：「中程，你聽聽，這是什麼聲音？」

晚風，穿過小院，吹進窗戶。

那種奇異的樂聲，此刻竟也隨著晚風，若斷若續地飄了進來。

雲氏父子面色都不禁為之大變。雲中程凝神聽了半晌，方待答話，雲謙卻又說道：「這聲音我像是曾經聽過——」

突地一拍前額，又道：「對了，是在苗疆！三十多年前，我就聽過這種聲音，是苗人的吹竹之聲，那時……我年紀和你差不多，現在……」

自悲日暮的老人，常會在不知不覺之中，流露出他的心境來的。

雲中程愣了一愣，搶步走到門口，又突然駐足，回身說道：「爹爹，我先出去看看，也許是——」

他含蓄地中止了自己的話，因為他不願意說出「醜人」溫如玉這個名字來。

但是久闖江湖的多臂神劍，又何嘗沒有從這奇異的樂聲中，聯想到這位久居苗疆的女魔頭紅衣娘娘溫如玉來？

於是他們一起走出了客棧。

街道上，燈光依舊，行人也仍然很多，但是，喧笑聲、高歌聲、轟飲聲，卻全都沒有了，只剩下那種奇異的樂聲，嫋嫋地飛揚著。

他們順著這樂聲由來的方向，大步走了過去。相識的武林豪士此刻心中雖然驚詫不定，但見了他們父子，仍未忘了躬身為禮。

轉過一條路，雲中程目光動處，突然見到了那站立在人群之中，有如雞群之鶴，一身玄衫的卓長卿，不禁脫口道：「爹爹，長卿就在那裡。」

目光銳利的卓長卿，卻沒有看到他們，因為他正在呆呆地想著心事。但雲中程的這一喊，卻將他從沉思中驚醒。但是不等他迎上去，多臂神劍已搶步走了過來，一把抓著他的臂膀，大聲道：「長卿，你沒事吧？」

雖然是短短幾個字，然而在這幾個字裡，卻又包含著多少關懷與情感。

卓長卿搖了搖頭，訥訥地說道：「老伯，你老人家放心，我……我沒事。」

他喉頭哽咽著，幾乎不能將這句話很快地說出來，只覺得有一種無法形容的溫情，從這老人一雙寬大的手掌中傳到他身上。這種溫情，沒有任何言語能夠形容，也沒有任何東西可以替代。

他感激地笑著，伸出手，握住雲中程的手。一時之間，這三人彼此之間，各都有一種溫暖的感覺升起。友情，這又是多麼奇妙而可貴的情操呀。

他們彼此握著手，呆呆地愣了半晌，誰也沒有說話。四側的人們，目光望在他們身上，不禁都有點奇怪，這兩個名重武林的江湖俠士，此刻怎麼會做出恁地模樣。

但是——

那奇怪的樂聲，卻更響了。

於是大家的目光，又不禁從他們身上，轉向這樂聲的來路。

卓長卿定了定神，說道：「老伯、大哥，這聲音就是那醜人溫如玉門下的紅衫少女們所吹奏出來的。看來那溫如玉此刻已進了臨安城。」

多臂神劍一軒濃眉，回顧雲中程一眼，沉聲說道：「果然是她！」又轉向卓長卿：「長卿，你是怎麼知道的？」

卓長卿沉吟了一下，不知道此刻該不該將自己這一日所遇說出。他雖毋須隱瞞雲氏父子，但卻不願被站在旁邊的人聽到。

哪知——

他心念轉處，卻聽得四側的人群突地發出一陣騷動，站在路旁的人，擁向街心，站在樓上的人，也似乎奔了下來。他目光一轉，也不禁脫口道：「來了。」

多臂神劍雲謙心中不禁為之驀地一跳。數十年來，紅衣娘娘溫如玉之名，在江湖中傳言不絕，但是她足跡從未離開苗疆一步。此刻，這年已古稀的武林豪士，一想到她即將在自己面前出現，心中竟不禁有種怔忡的感覺，忖道：「難道這女魔頭真的到江南來了，而且已入了臨安城？」

轉目望去，只見街道盡頭，果然緩緩走來一行紅衫女子。方才擁至街心的人群，見到這行女子，竟又齊退到路邊。

街道兩邊的燈光，射到這行女子身上，只見她們一個個俱都貌美如花，膚如瑩玉。滿身的紅衫被燈光一映，更是明豔照人，不可方物。

卓長卿目光動處，不禁在心中暗道一聲：「果然又是她們！但那醜人溫如玉的香車呢？」

凝目望去，這些少女雲鬟高挽，手持青竹，也依然是白天的裝束，但是卻在每人的左肘，多掛了一個滿綴紅花的極大花籃。兩人一排，並肩行來，遠遠望去，彷彿有著八排，但是她們身後，卻只有一些因好奇而跟在後面的人們，哪裡有那紅衣娘娘溫如玉日間所乘的寶蓋香車的影子？

多臂神劍雲謙凝目望了半晌，突地心中一動，又自回顧雲中程道：「中程，你看這些女子可覺眼熟？」

雲中程頷首道：「這班少女無論裝束、打扮，以及體態神情，都和那天到我們家裡去送壽的少女有些相似，但年齡好像稍微大些。」

雲謙一捋長鬚，道：「是了，那天我就看出，那班女子一定是溫如玉的門下。此刻看來，你爹爹的估計，一點也不錯。」

語聲微頓一下，又道：「但怎麼卻不見那紅衣娘娘呢？那麼這班女子又是來做什麼的？哼——一個個手裡還提著花籃，難道是來散花的嗎？」

這生具薑桂之性、老而彌辣的老人，先前幾句話，是對他愛子雲中程說的；後來幾句話，卻是暗自得意自己的老眼不花；一頓之後所說的話，這是在問卓長卿；到最後幾句，卻是在自言自語，又是在暗中罵人了。

卓長卿為之微微一笑，心中卻也正暗問自己：「醜人溫如玉沒有來，那這班少女卻又是來做什麼呢？」

耳邊樂聲，突地一停，只見這些紅衫少女，竟也隨著樂聲，一齊停住腳步，將手中的青竹，插在腰間的紅色絲絛上。

站在街邊的人群，幾乎已全都是武林中人，因為一些平常百姓，看到這種陣仗，雖然也生出好奇之心，但想到昨夜之事，又都不禁心裡發毛，早就一個接著一個地溜了。

此刻群豪都不禁為之一愣。他們知道的事，還遠不及雲氏父子及卓長卿多，自然更無法猜測這些紅衫少女的用意。

卻見當頭而行的兩個紅衫少女，竟自彎下腰去，向兩側人群一一斂禮，齊地嬌聲一笑：「婢子等奉家主之命，特來向諸位請安，並且奉上拜帖，請諸位過目。」

這兩人說起話來，竟然快慢一致，不差分釐，而且嬌聲婉轉，嬌柔清脆，再配著她們的玉貌花容，婀娜體態，群豪不禁都聽得癡了，也看得癡了。

多臂神劍濃眉一皺，沉聲道：「看來紅衣娘娘的確有兩手。不說別的，就看她訓練徒弟，竟把兩個人說話的快慢節調都訓練得一模一樣，雖是兩個人說話，聽起來卻像是一個人說出來的。」

雲中程亦自接口道：「那天去給爹爹送禮的，不是也有兩個女孩子，說起話來，就像是一個人說的嗎？起先我還以為她們是一母雙生呢！」

語猶未了，卻見這兩個少女突地一招雙手，跟在後面的紅衫少女立即四散走開。卓長卿暗中一數，不多不少，正好十四個。

四側群豪本已目迷心醉的時候，此刻見到這些少女竟四散分開，婀娜地走到自己面前，面上俱都帶著嬌美的笑容，更不禁都愣住了。

卓長卿放目一望，卻見當頭的兩個紅衫少女，竟並肩向自己這邊走了過來，秋波轉處，突然齊地露齒一笑，道：「原來你也在這裡。」纖腰輕扭，筆直地走到他身前。

多臂神劍濃眉一皺，道：「你認得她們？」

卓長卿愣了一愣，哪知右側的少女卻已嬌笑道：「怎麼不認得？今天早上，我們還見過面哩。」

嬌笑聲中，玉手輕伸，從那花籃之中，取出了一張紅色紙箋，遞到卓長卿面前，秋波一轉，纖腰一扭，竟自轉身去了。

卓長卿呆呆地從她那雙瑩白如玉的纖掌中，將那張像是請帖樣子的紅色紙箋接了過來，目光垂處，只見上面寫著整整齊齊的字跡：

「X月X日X時，臨安城外，一涼亭邊，專使接駕。」

字跡非行非草，非隸非篆，仔細一看，竟完全是用金絲貼上的，下面也沒有署名，卻用金絲，纏了個小小的「墜馬髻」。

轉眼望去，那些紅衫少女體態若柳，越行越遠，站在兩側的武林豪士，個個俱都是目定口呆地垂首而視，手上也都拿著一份這種奢侈已極的請帖。

請帖綴以真金，這氣派的確非同小可。這些武林豪士雖然俱都見過不知多少大場面，此刻心中卻也不禁都有些吃驚。

多臂神劍目光亦自凝注在手上的請帖上，仔細看了半晌，突然回首問道：「長卿，這一天來，你究竟遇著了什麼事？難道你今天早上已經見過那紅衣娘娘了嗎？」

這老人雖然也對這張請帖有些吃驚，但心中卻始終沒有忘記方才那紅衫少女所說的話，此刻一將帖上字跡看清，便忍不住問了出來。

卓長卿輕歎一聲，道：「今日小侄的確所遇頗多，等等一定詳細稟告老伯——」

話聲未了，卻見那些紅衫少女，竟又排成一列，當頭的兩個少女又嬌聲說道：「婢子們匆匆而來，匆匆而去，臨安城裡的英雄好漢這麼多，婢子們實在不能每個都通知到，因此婢子倒希望諸位接到帖子的，轉告沒有接到帖子的英雄一下，就說X月X日X時，婢子們在城外約一里處一涼亭那裡，恭候各位的大駕。」

說罷，又自深深斂禮，秋波復轉，再伸纖掌，輕掩櫻唇，嬌聲一笑。

嬌笑聲中，這十六個紅衫少女竟然一齊旋扭柳腰，轉身而去。

四側群豪，望著她們婀娜的背影，似乎都看得癡了。

多臂神劍乾咳了一聲歎道：「這紅衣娘娘如此大費周章，到底是什麼意思呢？難道真是為徒擇婿，宴會英豪嗎？」

語聲一頓，又道：「只怕未必吧！」

群豪也開始私下竊竊議論著，根本沒有聽到他自語著的話。有幾個站在旁邊湊熱鬧的混混兒，驟然得著上面綴著幾乎有一兩多金子的請帖，樂得連嘴都合不攏了，大笑著跑了開去。

於是城南小巷中的土娼館裡，今天便多了幾個豪客。帶著慘白面色的妓女們，雖然奇怪這些平日只會手心朝上的混混兒，今夜怎的都變成了大爺，可是她們也不敢問，也不願問，只是強顏歡笑著，一面又偷偷用手帕拭抹著面頰，生怕自己面上搭著的太厚了的脂粉，都因這一笑而震落下來。

大秤分銀、小秤分金的武林豪士，雖然沒有將這兩個金子看在眼裡，但此刻亦不禁在心中暗喜：「呵，好大的手面，到了天目山上，怕不有成堆的金子堆在山上。」

於是他們更堅定了上天目山去的決心。世上大多數的決心，不都是建立在亮晶晶的金銀上面的嗎？

婀娜的紅色身影，逐漸去得遠了，但群豪的目光，卻仍然追隨著她們，只有多臂神劍雲氏父子的目光，卻凝注在卓長卿身上。

而卓長卿呢？

他此刻正垂著頭，落入沉思裡，誰也不知道他心裡在想著什麼。多臂神劍雖然想問他，但看到他的樣子，似乎在決定著一件重大的事，但也勉強忍著心裡的話，希望他快些想完。

喧嘩之聲，又開始響了起來——

三個身穿長衫，腳下卻蹬著快靴，裝束雖頗為斯文，步履卻極為剽悍矯健的漢子，從街的對面走了過來，走到雲氏父子身前，不約而同地躬身一揖，齊聲道：「雲老爺子，這一向您老人家可好？」

多臂神劍心中雖有心事，但一見這幾人之面，亦不禁為之展顏笑道：「我當是誰，原來是石老爺子的高足。」

回頭向雲中程笑道：「中程，快過來見見，這幾位就是我常跟你說起的，北京城裡首屈一指的燕武鏢局石老爺子的門下。十年不見，想不到各位都如此英俊了。石老爺子久未出京，這一向可好！」

這三條漢子面上一齊露出黯然之色，垂首沉聲道：「家師他老人家已於三年前去世了。」

多臂神劍雙眉一皺，變色道：「真的？唉——想不到匆匆數年，我輩兄弟，竟又少去一個。唉——老成凋零，昔日英雄，今多故去，難怪江湖上風波日益增多了。」

驟見故人，乍聞噩耗，這亦使自悲兩鬢已斑、年華不再的武林豪客，不禁為之而黯然神傷，唏噓不已。雲中程在旁邊見著他爹爹的神態，心裡何嘗不知道他爹爹心中的感慨？亦自垂首不語。

良久良久。

多臂神劍方自緩緩抬起頭來，沉聲道：「賢侄們此次離京南來，可也是為這天目之會？」

三條漢子一齊頷首稱是。雲謙微微一笑，目光轉處，突地面色一變，大喝道：「長卿呢？」

雲中程心頭一跳，轉目望去，只見滿街之上，人聲喧雜，攘往熙來，而一直就站在自己身側的卓長卿，就在這多臂神劍和故人門下寒暄數語的時候，已經不知走到哪裡去了。

多臂神劍長眉皺處，一個箭步躥到街心，頓足歎道：「長卿這孩子，這究竟是怎麼了？」

撩起長衫，拔足而奔，頷下的長髯，不住抖動，但直到街的盡頭，卻仍看不到卓長卿的影子。

雲中程心中也自奇怪：「長卿弟怎的做事如此慌張，走了竟都不招呼一聲。」

心念一轉：「他年紀雖輕，性情卻極沉穩，如此做法，莫非是又發現了什麼新的事故？」

隨著他爹爹走了兩步，腳步突又一頓，回頭向那三條漢子歉然一笑，還未說話，這些漢子已自抱拳道：「雲少俠如若有事，只管請便。我弟兄既然知道雲少俠落腳處，明日少不得還要拜候。」

這三條漢子亦是久走江湖的精幹角色，見了雲氏父子的神態，知道必有要事，長揖到地，也便自告辭。只是雲氏父子在這臨安城裡的大小街道都找了一遍，卻還是沒有找到卓長卿的行蹤。

那麼，方自入城的卓長卿，此刻為何突又不辭而別？他是跑到哪裡去了呢？

原來方才卓長卿望著那些紅裳少女的背影，俯首沉吟半晌，忖道：「那醜人溫如玉設下的種種陷阱，我只知在天目山中，卻不知道究竟在什麼地方，如果我要等到那會期之日再去，豈非太遲？」

一念至此，他心中便斷然下了個決定：「這些少女此刻想必一定會回到溫如玉藏身之處，我不如暗中跟在她們身後，尋著那個地方，將此事早些作個了斷。」

抬目望去，只見紅裳少女越行越遠，婀娜的身形，已將消失在街的盡頭。

於是他毫不考慮地一掠衫角，倏然自漫步街心的人群中穿過，就像是一口劈水的鋼刀，筆直地劈開海浪似的。

等到被他堅如精鋼的手臂分開的人群愕然相顧的時候，他已走開很遠。走到城腳，人跡漸少，他便微一踮步，倏然穿出。

城外夜色深深，就只這一城之隔，卻像是截然不同的兩個世界。城內燈火通明，笙歌處處，天時彷彿仍然甚早，城外卻像是夜已很深了。

他深長地吸了口氣，轉目四望。遠處林木搖曳，遠近亂草起伏，四下渺無人跡。那些紅裳少女明明是由此處出城，但此刻卻根本不知走去何處，只有微風中隱隱傳來一陣陣轔轔車聲，逐漸遠去。

微一駐足，他便毫不考慮地朝這車聲傳來的方向，如飛掠去。

夜色之中，他身形有如一條極淡的輕煙。一個遲歸的絲販，只覺眼前一花，微風拂面，但從他身側掠過的究竟是什麼，他卻未看清楚。

盞茶之間，卓長卿已望見前面車馬的影子。他身形幾乎沒有任何動作，飛掠之勢，便又加快幾許。霎目間，前面的車馬距離他便只有十數丈遠近，甚至連高高坐在馬車前座的御車馬夫的身形輪廓，他都能極為清楚地看到。

那是兩輛黑漆嶄亮的馬車，漆光如鏡，幾可映人。前面駕車的四匹駿馬，挽套甚豐，一眼望去，不但馬駿如龍，車廂也極為華麗。

車窗中燈光昏黃，人影隱約可見，而且不時有嬌笑語聲，夾在轔轔車聲之中，隨風傳來。聲音雖不甚顯，但以卓長卿的耳力，聽得卻已極為清晰。

他劍眉微展，知道自己追逐的目標，並未弄錯，雙臂一長，頎長的身形，驀然沖天而起，凌空微一轉折，便飄然落在車後，竟無聲無息地依附在馬車上，就像是一片落葉似的，莫說車內坐著的僅是些少女，便是絕頂高手，只怕也不會有絲毫感覺。放眼天下，莽莽江湖之中，就憑這份輕功，已足以睥睨一時了。

車馬依舊向前飛奔，車後揚起一串灰黃的塵土。他劍眉微皺，方待拂袖，卻又忍住。為著許多武林豪士的生死，為著自己不共戴天的深仇，吃些灰塵，又算得什麼？

道上砂石頗多，如此急行的車馬，自然顛簸已極，但是他只輕輕用手掌貼在車廂上，就是再大的顛簸，便也不會跌下。這除了輕功造詣之外，若沒有深厚的內力，也是無法做到的。

驀地，車廂中又起了一陣哄笑，一個嬌柔的語聲，彷彿帶笑道：「你說好不好笑，就憑他那副嘴臉，居然就打起小姐的主意來了。」

卓長卿心中一動。他雖不想去聽這些小女子的笑鬧，但此時此刻此地，他即使不想聽，卻也無法做到，何況這笑語聲中所說的「小姐」，他自然知道是誰，也不禁為之暗中心動。

只聽另一個聲音接著說道：「這次祖姑請來的那批人，雖然一個個沒有一位長得像人，但卻都有些氣派，誰也沒有這傢伙這麼討厭。可是——嘿嘿，卻偏偏是他要動歪念頭，也難怪小姐要把他鼻子削掉了。」

卓長卿眉頭一皺，暗道：「好辣的手段。」

但心中卻又不免暗暗高興，高興著什麼，他自己也無法解釋——也許僅是不願來解釋而已。

卻又聽另一個聲音笑道：「你別說他難看討厭，聽說他二十年前，卻也是聲名赫赫的人物哩。我們年紀還輕，自然不會知道這花郎畢五的名字，可是在二十年前呀，那可不同了。不說別的，你就看他那天剛上山時露的那手凌波十八轉的輕功，嘿，這次幸虧是小姐，若要是換了別人的話，只怕……只怕……」

她邊說邊笑，說到後來，已笑得說不下去了。另一個聲音立刻吃吃地笑道：「要是換了你的話，只怕你就要被他剝成像隻羊似的丟到床上了。」

卓長卿面頰一紅，只聽得車廂內笑聲吃吃不絕，夾雜著先前說話那女子的嬌嗔笑罵聲：「你再說，再說看我不撕了你的嘴。」

一陣輕動，另一人便又笑道：「你呀……你這個小浪蹄子，我就知道你春心動了——你們看，她先前見到那個穿黑衣服的高個子，就等不及地跑過去，把帖子交給人家，竟還厚著臉皮去跟人家說——哎喲，你再來，我偏要說，說你看中了人家，可是人家看不中你，所以就連花郎畢五也是好的了。可是呀，連畢五都看不上你。」

她邊笑邊喘邊說，卓長卿卻又不禁面頰一紅，知道這少女口中「穿黑衣服的高個子」，就是說的自己，心中又是好氣又是好笑，卻又有一種淡淡的欣喜。年輕的男子在聽到一個少女誇獎自己的時候，有誰心裡會沒有這種感覺？

被訕笑的女孩子顯然是有些惱羞成怒了，大聲叫著說道：「好，好，你以為我不知你的事。喂，你們知不知道她看上了誰？她看上的就是那個祖姑捉回去，關在山洞裡那個穿黃衣服的小夥子。那夜我們把這小夥子困在霓裳仙舞陣裡的時候，她就看上了他，所以手下就特別留了點情——」

她情猶未竟，話聲卻倏然而頓，似乎在想該再用什麼話來報復。

卓長卿卻心中一動，忖道：「原來那黃衫少年已被溫如玉囚禁起來。」又忖道：「這黃衫少年的師父萬妙真君與溫如玉本是一鼻孔出氣的人，溫如玉卻又怎會如此對待於他，這倒的確有些奇怪了。」

他心念猶未轉完，卻聽另一個較為穩重些的語聲說道：「你們兩個真是的，走到哪裡都要鬥口，真是太惡劣了。我簡直從來沒有看見過比你們再惡劣的人！再吵，再吵我就要——」

於是兩個嬌柔的聲音便同時響起：「好大姐，不要告我們，我們下次再也不敢鬥口。」

卓長卿雖然生性剛直，剛正不阿，但聽了這些少女的嬌嗔笑鬧，心裡卻不禁為之暗笑，一面卻又不禁暗中感慨：「這些少女本來都極為天真，只可惜卻都被那女魔頭搜羅了去，唉——她們若是知道，方才由她們自己手中送出去的請帖，卻無異是別人的催命之符，心中又該如何想法呢？」

一個急遽的轉彎，幾聲健馬的長嘶，一陣皮鞭的呼嘯。

他的思路不禁為之中斷一下，卻聽那聲音較為穩重的少女又自說道：「你們知不知道，我心裡也有件奇怪的事——」

她說到一半，語聲竟然中斷，似乎是突然想起自己不該將這句話說出來似的，另幾個少女立刻七嘴八舌地嬌嗔道：「大姐真是——總是這樣，話說到一半就不說了，你知不知道人家心裡多難受呀！」

這「大姐」似乎被逼得沒有辦法了，連連道：「我的好姑娘，你們別吵好不好。我告訴你們，我心裡奇怪的就是——」

她語聲竟又一頓，卓長卿也不禁在心中暗自忖道：「這女子說話怎的如此吞吐！」

他心中也不禁有些好奇，想聽聽這少女心中奇怪的究竟是什麼。

卻聽她語聲微頓之後，像是也怕那些少女再吵，便立刻接著說道：「你們知不知道，那姓岑的黃衫少年，是誰的徒弟？」

先前那少女便又吃吃笑道：「這個我們怎會知道！大姐要問問她呀，她可是一定知道的。」

卓長卿暗中一笑，忖道：「這少女看來真是頑皮，方才說不鬥口，此刻卻又鬥起口來。」

那「大姐」果然沉聲道：「我說你惡劣，你果然惡劣。現在人家說正經話，你卻又說這種惡劣的話來。告訴你，你要是再惡劣，我就不說了。」

她一句話中，竟一連說了四次「惡劣」，卓長卿幾乎忍不住要笑出聲來，心道：普天之下，只怕再也找不到一個人，比她更喜歡用「惡劣」兩字的了。

本已顛簸的馬車，此刻更加顛簸起來，仔細一聽，車內像是又生騷動，騷動中夾雜著那少女的吃吃笑聲、求饒聲：「好大姐，你快說吧，我再也不說惡劣的話了。」

她竟也受了傳染，也說起「惡劣」兩字來了。

只聽這「大姐」似也忍不住噗哧一笑，含笑說道：「你們記不記得，許多年以前，你們還很小的時候，有一個個子高高，年紀很大，但看來不甚老的道人上山來找祖姑姑？」

卓長卿心中一動：「她說的莫非是萬妙真君尹凡？」

一念至此，他聽得便更留神。車廂內低語聲又起，有的說：「忘記了。」有的卻說：「是有這麼一個人。」

但語氣之中，大家卻似都在奇怪，這道人和「大姐」心中奇怪的事又有什麼關係。卻聽「大姐」又道：「那時候我年紀比你們大兩歲，所以記得非常清楚。這個道人上山之後，我就奇怪，他膽子好大，居然敢找祖姑姑，難道他不知道祖姑姑最討厭男人？但看到他的樣子，又和氣，說起話來又好聽，就把他帶到祖姑姑的房裡。」

她語聲稍歇，似乎在回憶著當時的情景，方自緩緩接道：「祖姑姑一見了他，果然現出極為討厭的樣子。我不敢進去，卻又捨不得走，就站在房門外面，想偷偷地聽一下。」

那笑聲吃吃的聲音，一聽這話，便又立刻搶著道：「好，原來大姐也不規矩。」

卓長卿正自凝神而聽，突然聽到這句話，不禁暗中笑罵：「這女子果然惡劣。」

哪知這次「大姐」竟像是沒有聽到她的話似的，兀自接著說道：「我只聽得祖姑姑厲聲喝問他：『跑來幹什麼？』他回答的聲音卻很小，小到我根本聽不見。祖姑姑說話的聲音卻像是很憤怒的樣子，叫他趕快滾出去。我站在外面，等了許久，卻還沒有看到他出來，心中不禁又為他擔心，難道他已被祖姑姑殺了？」

車廂中的嬌笑聲，此刻已全都歸於寂靜，顯見得這些頑皮的少女，也被這「大姐」所說的話所深深吸引。卓長卿更是聽得怦然心動，因為她說的話，無疑地又是一件極大的秘密，而這秘密卻又是與自己兩個不共戴天的仇人有關的。

只聽「大姐」接著又道：「那時候，小姐在後山，你們也都不知道跑到哪裡去玩去了，祖姑姑的房間附近，就只剩下我一個人，我站在外面，只聽得祖姑姑在房裡本來不斷地大聲怒罵，到後來，卻連說話的聲音都沒有了，而那個道人也始終沒有『滾出來』！」

她說到這裡，突地沉聲道：「這件事在我肚子裡隱藏了許多年，我現在既然說出來，你們可萬萬不能說給別人聽，否則……否則，我就沒命了。」

卓長卿暗歎一聲：「讓女子保守秘密，的確是件極為困難的事。」

只聽得車廂中的少女齊聲發著誓：「絕對不說出來。」

卓長卿不禁暗笑：「這大姐像是頗為穩重，其實也傻得很。她自己都不能保守秘密，別人又怎會保守呢？」

哪知這「大姐」對她們的誓言卻像是已極為滿意，便又接道：「我當時真想進去偷看一下，但是卻始終沒有這個膽子。過了許久，才聽得祖姑姑在裡面叫我。我心裡真有說不出的害怕，只怕祖姑姑知道我在外面偷聽，可是又不敢不進去。」

此刻她說話的聲音已極為低沉，再加上轔轔震耳的車聲，卓長卿若非耳力特異，又在凝神而聽，便幾乎一句也聽不見。

車廂中的少女驚歎著，有的忍不住插口問道：「祖姑姑叫你幹什麼？」有的還同情地說道：「我要是你呀，可真不敢進去。祖姑姑罰起人來，可真教人吃不消。」

「大姐」幽幽長歎了一聲，接道：「我當時又何嘗不是跟你一樣想法？硬著頭皮走進去一看，哪知祖姑姑卻在和那道人談著話，一點憤怒的樣子都沒有，臉上甚至還有笑容。我七歲就被祖姑姑帶回山，從來也沒有見過她老人家笑，更想不到她老人家會和一個男人笑著說話，當時見了這情形，真是奇怪得說不出話來。」

她話說到一半，車廂中的少女已一齊驚訝地低呼起來，等到她話說完，這些少女一個個都忍不住驚訝地問著說：「真的？真的？」

「大姐」卻不回答，只是接著又道：「我心裡雖然奇怪，但在面上卻不敢露出一點。祖姑姑見了我，就叫我去準備些酒菜。我心裡更奇怪，祖姑姑居然要和男人吃酒！」

「我滿肚驚訝地將酒菜送了去，祖姑姑又吩咐我，叫我守在門外，任何人來了，都叫我擋駕，不准他們進來。那道人笑嘻嘻地望著我，像是很得意的樣子。我心裡本來對這道人很有好感，但那時卻不知怎的，突然對他討厭起來。」

她長長透了口氣，又道：「那道人來的時候還是下午，就是小姐做午課的時候。我在門外一直等到天黑，等到肚子都餓得發慌了，那道人還沒有出來。房間裡不時傳出他的笑聲，和低低的話聲，祖姑姑也在不斷地笑著。但是笑聲、話聲越來越低，到後來，房間裡竟一點聲音都沒有了，我心裡在想，他們在做什麼呢？」

說到最後幾字，她語聲拖得極長，長長語聲一頓，車廂中便也沒有了聲音。這些少女的心中，像是也都在想著：「他們在房裡幹什麼？」

這問題的答案也許大家都知道，可是誰也沒有說出來。

附在車後的卓長卿，聽著她的話，心中不禁思潮翻湧，幾乎不相信自己的耳朵。他仔細在心中思忖了一遍，想到那醜人溫如玉清晨說到萬妙真君時的表情，心中不禁恍然大悟：「難道這個醜人溫如玉之所以討厭男人，只是因為自己太醜，明知沒有男人喜歡自己，而這尹凡卻抓住了她的弱點，因之花言巧語地將她打動了。——看來這萬妙真君的惡毒，真是令人髮指。他如此做法，簡直卑鄙得沒有人性了——但是，他這又是為著什麼呢？」

這念頭在他心中一閃而過，只聽車廂中默然良久，那「大姐」便又接道：「等到天已經完全黑了，小姐就從後院跑到前面來。我趕緊擋在小姐前面，叫小姐不要進去。可是小姐的脾氣你們是知道的，我怎能擋得住？我眼看小姐要衝進祖姑姑的房裡，心裡真害怕，生怕……生怕……房子裡面……」

她一連說了兩句「生怕」，但是怕的究竟是什麼，卻還是沒有說出來，只是她縱不說出，別人也都是很清楚地知道的。

車廂中還是沒有人說話，似乎大家都在擔心，小姐會看到一些她不該看到的事。

車行了有許久，離城已經很遠，已將駛入天目山的山麓了。

須知這種四馬大車，雖然走得極快，但這條不但崎嶇不平，而且多是僻靜的小道，因之便影響了行車的速度。若是單人匹馬而行，只怕此刻已經走入天目山了。

又靜了許久，「大姐」方自長長一歎，緩緩接著說道：「我心裡又急又怕，想拉住小姐，哪知不但沒有拉住，反被小姐拖入房裡。一進房門的時候，我直想閉起眼睛，不敢去看，只聽得祖姑姑問道：『拖拖拉拉地幹什麼？快放開手！』我更嚇得發昏，睜開眼睛一看——」

她說到這裡，話聲又一頓，卓長卿心中不禁一跳，幾乎要忍不住脫口問出：「怎的？」

他自然不會問出來，只是車廂中的少女卻已代他問了出來，一聲連著一聲：「怎的……怎的……」

大姐透了口長氣，接道：「哪知房間裡只有祖姑姑一個人斜斜地靠在雲床邊，那道人卻不知在什麼時候已經走了。」

車廂中便也隨之發出一陣透氣的聲音。「大姐」緩緩又道：「自此以後，你們也許不覺得，我卻覺得祖姑姑的脾氣，好像變得比以前更奇怪了，有時特別溫柔，有時卻又特別暴躁。我心裡知道是什麼原因，但是，我又怎麼敢說出來呢？」

說到這時，卓長卿縱是極笨之人，也已聽出這醜人溫如玉和那萬妙真君尹凡之間，是有著如何不同尋常的關係。只是他若非親耳聽到，他便怎也不會相信這冷酷的女魔頭醜人溫如玉一生之中，竟還有著這麼一段事蹟。

有許多他在清晨聽了還不明瞭的話，此刻他便恍然大悟了。

只聽這大姐又自歎道：「這幾年以來，我暗中留心，那道人不過多久，便會上山一次。他上山的時候，你們也許有時也看到過，但是我知道，你們再也不會想到他和祖姑……唉，他下山的時候，我偷偷看到過幾次，總是帶著一個包袱，而祖姑寶庫中的珍寶，卻一天比一天少。有時祖姑姑也單獨下山去，要過好久才回來。她老人家雖然不說，我可也知道她老人家下山是去找誰。」

靜寂許久的吃吃笑聲，此刻竟又響起。那頑皮的少女竟自笑道：「大姐，我猜出來了，這道人可就是叫作什麼萬妙真君的？」

第十二章 漸入虎穴

車馬漸漸進入山區，山路更窄，也更為崎嶇。駕車的車夫，顯然也有不同凡俗的身手，在這狹窄、崎嶇，而且漸漸陡斜的山道上，竟仍能駕著這四馬大車放轡而行，雖然行馳得也較慢些，但卻已是極不容易的事了。

卓長卿雖然早已猜出這大姐口中的道人，必定就是萬妙真君，但此刻這少女說了出來，他心中仍不禁為之一跳。

只聽這大姐冷哼一聲，道：「你真聰明。難道除了你之外，就沒有別人知道了嗎？哼——我真從來沒有見過比你再惡劣的人。我告訴你，你要是把今天的話說出去呀——」

這頑皮的少女立刻搶著道：「大姐，你放心，我絕對不會說的。就是有人要殺死我，我也不說。」

大姐又哼了一聲，卻聽另一個少女的聲音幽幽歎道：「這真教人想不到，祖姑姑還會上男人的當！我早就知道男人都不是好東西。我呀，我這一輩子連碰都不要碰男人一下。」

這聲音以前從未說過話，說話的聲音又柔軟，又緩慢，「大姐」聽了像是頗有同感的樣子，亦自歎道：「我何嘗不知道這姓尹的是為了要騙祖姑姑的東西？但是我一想，祖姑姑一生寂寞，有個男人安慰她老人家，也是好的。」

這時那頑皮的少女似乎又忍不住要說話了，居然也冷哼了一聲，道：「我才不稀罕哩！可是——大姐，這事你知道得這樣清楚，又有什麼好奇怪的地方呢？」

大姐緩緩說道：「你們可知道，那穿黃衣服的少年，是誰的徒弟呢？」

她第二次問出這一句話，車廂中的少女便一齊「哦」了一聲，恍然道：「莫非他就是這姓尹的徒弟？」

大姐的聲音越發低了，道：「是了。他既然是那姓尹的徒弟，而那姓尹的，又和祖姑……你們想，這不是奇怪嗎？祖姑為什麼要把他關起來呢？」

車廂中響起竊竊低語聲，似乎在猜測著這問題的答案，但附在車後的卓長卿，此刻心中卻已全部了然。

他知道這萬妙真君目的達到之後，怎會再和這奇醜無比的溫如玉廝纏下去，自然從此就避不見面。

而醜人溫如玉一生寂寞，驟然落入這情感的陷阱，便不能自拔。

須知情感一物，就像山間的洪水似的，不暴發則已，一暴發便驚人，而且壓制得越久，暴發出來也就越發不可收拾。

這醜人溫如玉乍動真情，自然是全心全意地愛著尹凡。當她知道尹凡是在騙自己的時候，這強烈的愛，便自然變為強烈的恨了。

他心中感歎著，轉目而望。小道旁樹木蒼鬱，山坡也越來越陡，他知道距離自己的目的地，已不會太遠了。

一切猜測，一切等待，也即將有所結束。在這結束將要到來，卻未到來的時候，他的心情是緊張而興奮的。

車廂中久久都沒有聲音傳出來，他暗忖著：「這些少女此刻是在為她們的祖姑難受呢，還是在想著別的事？」

馬車顛簸更劇，車聲也更響。兩旁浸浴在夜色之中的林木，卻是死一般的靜寂，竟連一聲蟲鳴都沒有。

哪知——

靜寂的林木中，突地響起一聲斷喝：「停下！」

卓長卿但覺耳旁嗡然一聲，四面空山，似乎都被這兩字震得嗡嗡作響，只聽得：「停下……停下……」

不斷的回聲，在山中飄蕩著。

趕車的馬夫陡然一驚，呼哨一聲，勒住馬韁，八匹健馬一齊昂首長嘶，馬車緩緩倒退數尺，方自一齊停住。

車廂內連聲嬌叱，車門乍啟，十數條紅影，箭也似的竄了出來，口中喝道：「是誰？」

死靜的山中，傳出一個冷冷的聲音：「你們這些丫頭，難道都死了不成，有人坐在你們車子後面，你們難道都不知道嗎？」

聲音尖細高亢，在深夜中聽來，滿含森冷之意。

卓長卿心頭一凜，知道自己行藏已露，閃目望去，只見這些少女站在馬車兩側，似乎都被這突來的語聲驚得愣住了。

樹林之中，冷笑之聲驟起，另一個粗豪洪亮，有如鼓擊鐘鳴一般的聲音，一字一字地說道：「躲在車後的朋友，還不下來做什麼？」

卓長卿劍眉一軒，雙掌微按車身，身形突地沖天而起，左掌一圈，右掌當胸，飄飄落在車頂上，目光四掃，朗聲說道：「躲在樹林裡的朋友，閣下也該出來了吧？」

紅裳少女們連聲嬌叱，轉身一望卓長卿，似乎都要掠向車頂。

哪知林木中又是一聲冷叱：「住手！」

叱聲方住，林木的陰影中，竟冷笑著緩緩走出兩個形容詭異的人來。

這兩人一僧一道，一高一矮，一瘦一胖。高的瘦如枯竹，一身嶙峋瘦骨，卻穿著一件寬大的袈裟，腰邊斜掛一口狹長的戒刀，驟眼望去，有如草紮木雕，全身上下，竟找不出一絲活人的氣息。

矮的卻肥如彌陀，一身肥肉之上，穿的竟是一件又緊又短的道袍，頭上道髻蓬亂，生像是剛剛睡醒的樣子，腰邊斜掛著的一口劍，也比常人所用短上一半，劍鞘烏光閃爍，非皮非革，非木非鐵，竟看不出是用什麼東西做的。

這兩人不但體態不同，神態各異，冷笑的聲音，也是一個尖細，一個洪亮。這兩個人並肩站在一起的笑聲，讓人聽了，不由自主地會從心底泛起一陣難受的感覺，就像是一個膽小的女子，突然見著一條細長的毒蛇，和一條肥胖的蜥蜴時的感覺一樣。

卓長卿目光動處，心中也不禁為之泛起一陣難以描述的難受之意，只覺這兩人形容之醜怪，真是普天之下，再也難以找出。

那些紅裳少女一睹這二人的身形，卻齊嬌喚一聲，躬下腰去，神態之間，竟像是對這兩個醜怪之人極為恭敬。

這一僧一道冷笑連連，眼角上翻，似乎根本沒有見到這些少女一樣，筆直地走到車前，抬頭向卓長卿望去。那肥胖道人「哧」地一笑，側首向那瘦僧人笑著說道：「原來是這麼一個漂亮的小夥子。老和尚，你大概又要生出憐香惜玉之心了吧？唉，只可惜我殺人的癮又過不成了。」

笑聲之中，滿含淫邪猥褻之意，那「憐香惜玉」四字，更是用得不堪。卓長卿雖然並不甚瞭解他言中之意，但心中亦不禁勃然大怒，劍眉一軒，俯前厲叱一聲，朗聲喝道：「你們兩人鬼鬼祟祟地躲在林中，究竟意欲何為？看你兩人的樣子也像是武林中有頭有臉的人物，怎的說出如此——」

說到這裡，他語聲一頓，下面的「無恥」兩字，竟未說出。只因他雖然聰明絕頂，但正直純潔，又是初涉江湖，怎會瞭解這矮胖道人言語之中的不堪之意？是以他便也不知道矮胖道人方才所說的話，究竟是否無恥。

卻聽這矮胖道人又是「哧」地一笑，那瘦長僧人卻伸出一雙枯瘦如柴的手掌來，緩緩搖了兩搖，像是在阻止著這矮胖道人想說的話，一面用一雙此刻已自瞇成一縫，那兩道吊額短眉下的三角怪眼，望著卓長卿，一面慢條斯理，陰陽怪氣地說道：「你這小娃娃，說起話來怎的如此不講理！明明是你鬼鬼祟祟地躲在人家車後，卻又怎的說起人家鬼祟了？」

他微一伸手，向卓長卿招了兩招，尖聲尖氣地接著又道：「下來！下來！老衲倒要問問你，你躲在人家車後，是想對這班女孩子非禮呢，還是——」

卓長卿大喝一聲：「住嘴！」

那些紅裳少女一齊伸手掩住櫻唇，像是忍俊不禁的樣子。

卓長卿這一聲大喝，雖然喝斷了這瘦長僧人的話，但他卻仍然毫不在意地接著說道：「無論如何，你這個年紀輕輕的小夥子，趴在人家車後，總沒有安著好心。若換了以往，就憑你這點，老衲就該將你一刀殺卻。但老衲自皈依我佛以來，心腸已比以前軟得多了，怎忍心將你一個生龍活虎般的小夥子，在還沒有享到人生樂趣之前，就冤冤枉枉地送了命——」

胖矮道人突地一聲怪笑，哈哈笑道：「我說你這老和尚動了憐香惜玉之心是不是？好，好，看在你面上，我不殺他就是。」

這一僧一道說起話來，就像是已將卓長卿的生死之事捏在掌心一樣。卓長卿不由心中大怒，方待厲聲叱責。

哪知那瘦長僧人突地怪眼一翻，目光凜然向道人瞪了一眼，冷冷說道：「你這老道怎的越老越不正經，哪裡還像個出家的人！」

紅裳少女一個個忍不住「噗哧」一聲笑出聲來。那矮胖的道人眼睛一眨，又聳聳肩膀，做了個鬼臉。

他面上肥肉累累，說話的時候，表情極多。那瘦長僧人面上卻連一絲肉都沒有，而且木然沒有任何表情。

這兩人一陰一陽，處處都極端相反，卻不知怎的竟會湊到一處。但卓長卿知道自己此刻身入虎穴，這兩人形容雖怪異，但武功定必極高，也定必大有來歷，顯然就是醜人溫如玉請來的久已歸隱洗手的魔頭之一，是以見了他二人這種不堪入目的樣子，心裡並無一絲輕蔑之意，反而十分戒備，甚至連怒氣都不敢發作。要知道高手對敵，事先動怒，正是犯了武家中的大忌。

那瘦長僧人目光一轉，雙目又自瞇成一縫，盯在卓長卿身上，接道：「老衲雖然與你投緣，但是死罪可免，活罪卻免不得。除非你能拜在老衲門下，那麼老衲不但可以傳給你一些你連做夢都沒有想到過的功夫，而且還可以教你享受享受人生的樂趣。」

卓長卿強自按捺著心胸之間的怒火，劍眉軒處，仰天狂笑道：「好，好，要叫我拜在你門下，也並不難，只是你卻先要說說你到底是誰，也讓我看看拜你為師是否值得。」

瘦長僧人陰惻惻一聲長笑，笑聲一無起伏，也不知他是喜是怒。

夜風凜凜，再加上這笑聲，使得這寂靜的山道，平添了不知幾許森森寒意。只見這瘦長僧人一面長笑，一面冷冷說道：「你年紀還太輕，自然不知道老衲是誰。可是你的師長難道就從未提起過老衲和這胖道人的名字？」

笑聲突然一斂，卓長卿只聽「鏘啷」一聲，這瘦長道人反手之間，竟自將他腰間的戒刀抽了出來，迎風一抖，刀光如雪。這口又窄又長的戒刀，竟然長達五尺，比尋常戒刀幾乎長了一半。

那矮胖道人「哧」地一笑，道：「你若是還不知道，我讓你看看這個。」語聲未了，又是「鏘啷」一聲輕吟，卓長卿只覺眼前寒光暴長，這矮胖道人手中便也多了一柄晶光瑩然的短劍。

奇怪的是他手中的這口劍，不但劍身特短，而且又扁又平，連劍背都沒有，卻又比尋常利劍寬上一倍，乍一看去，竟像是混元牌一類的兵刃，哪裡像是利劍。

這一高一矮、一瘦一胖兩個詭異無比的僧道，所用的兵刃，竟也是一長一短，一寬一窄，就像是他們的身形一樣。

卓長卿雖然對於武學一道的知識，極為淵博，可也從未見過如此奇怪的兵刃，一時之間，不由呆呆地愣住了，目光眨也不眨地瞪在這一僧一道手中的一刀一劍上。

夜色之中，只見這一肥一瘦、一高一矮、一僧一道兩人手中的一長一短、一闊一窄、一刀一劍兩件兵刃，俱都是晶光瑩然，燦爛如銀，映得卓長卿的雙睛，都似乎泛起了陣陣青藍的光華。

矮胖道人又是「哧」地一聲冷笑，手臂微揮，青光一掠。

他矮胖而臃腫的身軀，卻非常靈巧地在地面上移動了一個位置，於是他的身軀距離卓長卿更近了，冷笑著喝道：「你還未想出我們是誰嗎?哼，哼，這樣看來，你師父也是個大大的糊塗蟲，連我們兩人的名字都不在你面前提提。」

卓長卿幼遭慘變，雙親罹劫，若不是他恩師司空老人，焉有今日?

師恩既是厚重如山，他對司空老人的情感，自也極其深厚，而此刻聽見這矮胖道人竟然說出這種話來，心胸之中，不禁為之勃然大怒。

但是，十數年的艱苦磨煉和天性的敦厚謹慎，致使得他在此時此刻，還能忍耐著不將心中的憤怒化為口頭的惡罵。

他只是從鼻孔中重重地冷冷「哼」了一聲，目光一翻，望向天上，生像是根本未將這似牌短劍、如鞭長刀兩件武林罕見的奇形兵刃，和這一僧一道兩個詭異的武林高手放在心上。

輕蔑，對於別人無理的辱罵來說，該算是世間最好的答覆了。

這種無言的輕蔑，果然使得這矮胖道人多肉而喜於變化的面龐上，為之大大變了顏色。原來這一僧一道看來雖然言不出眾，貌不驚人，但卻也是三十年前揚名武林、叱吒江湖的人物。

昔日這胖瘦二人，出沒於河朔道上，以手中的兩件奇形兵刃，在河朔道上的確曾做下了不少驚人之事。武林中人雖然不識這兩人的面目，但提起牌劍鞭刀，瘦佛胖仙，卻極少有人不知道的。這原因自然因為這兩件兵刃，的確是武林罕睹之物。

這兩人出身派別既不相同，生性亦是迥然而異。胖純陽掌中牌劍，藝出於山東的靈震劍派，顧名思義，走的自然是陽剛一路的劍法，而那瘦彌陀卻是五台的嫡傳弟子；胖純陽貪吃貪財，瘦彌陀卻是好色好名。兩人出身生性都不大相同，但多年以來，這兩人卻一直是生死過命的交情。

後來卓浩然崛起武林，行俠江湖，在張家口外，遇著這兩人正在作案，而且作案的手段奇毒奇辣，一怒之下，便伸手管了這趟事。這兩人武功雖高，卻不是卓浩然的敵手，重創之下，便隱遁了。

十餘年來，他兩人一直未在江湖中現過行蹤，直到此次，紅衣娘娘醜人溫如玉，才將這兩個昔日稱雄一時的巨盜找了出來。這兩人知道卓浩然已死，甚為感激溫如玉替他們復了仇，便替她賣起命來，只是他們卻也未曾想到，此刻站在他們面前的，便是中原大俠卓浩然的愛子卓長卿。

以他們這種身分和武功，再加上這十餘年的苦練，他們自然不會將面前這弱冠少年放在心上。若不是瘦彌陀這些年隱於邊荒，難尋絕色，正巧染上了「斷袖之癖，餘桃之嗜」，竟對面前的煞星動了慾念，要不他們只怕也早已動了殺手了。

胖純陽面容驟變，冷笑連連，突然回過頭去，向那枯瘦如竹的僧人瘦彌陀冷笑說道：「老和尚，這小子雖然生得不錯，但樣子卻太討人厭，我可要對不住了，拿這小子來開十多年來的殺戒了。」

他話聲方落，突然大喝一聲，右手揚起，劍光如虹，唰地一劍，五丁開山劍勢有如風雲乍起，向卓長卿剁去。

一直隱忍著心中怒火的卓長卿，神色雖然像是未將這兩人放在眼裡，其實卻已早有戒備，此刻目光微瞬之間，瘦長的身形，便幾乎像他目光一樣，忽地向左移開五尺，右掌一伸，突然並指如劍，電也似的向胖純陽右肘間曲池大穴點去。

瘦彌陀冷眼旁觀。卓長卿雖然如此，瘦彌陀對他卻並沒有什麼怒意，胖純陽雖然出手，瘦彌陀心中還在暗怪他不該如此辣手。

但卓長卿此刻身形一展，瘦彌陀枯瘦的面容上，卻也不禁為之變了顏色。

「行家一伸手，便知有沒有。」雖然是一句通俗已極的俗語，但這句話之所以能夠如此通俗，卻是因為此話其中的確含蘊著不變的真理。一個武功平常的俗手，縱然有心做內家高手狀，但卻很難瞞得過一個真正武林高手的眼目。而此刻卓長卿出手之間，雖然有心將自己武功隱藏三分，卻已足夠使得別人為之吃驚變色了。

胖純陽一招落空，心頭亦不禁一震，但這時他已動上了手，哪裡還有時間容他來思索別的問題？口中又自大喝一聲，竟將自己方才已然遞出的一招五丁開山，硬生生撤了回來，左腳前踏一步，右掌劍勢橫劃，長虹貫日唰地又是一招靈震劍派中的絕妙招式。

此招一出，卓長卿心中卻不禁微微有些失望。要知道長虹貫日這招劍式，雖然頗為精妙，但這胖純陽手中所持的兵刃，長不及兩尺，以這種兵刃來施展這種招式，在卓長卿眼中看來，不但毫無威力，而且破綻百出。

他先前原來將這兩人估計得極高，此刻見了矮胖道人竟施出這種招式來，便不禁有些兒失望，口中冷笑一聲，手掌隨意折出，五指伸張如爪，隨著這一招長虹貫日的去勢，向胖純陽手腕抓去，胸膛微縮間，便已避開劍鋒。

哪知——

長虹貫日一招劍到中途，招式尚未遞滿，這支如牌短劍，突然變揮為拍，「砰」的一聲，拍向卓長卿下腹。

這一招不但變招之快，快如閃電，而且大出卓長卿之意料，也全然有異於武學招式的規範。瘦彌陀眼瞼微垂，低念一聲：「阿彌陀佛！」

站在一旁的紅裳少女們，也自一聲嬌嗔，眼看這英俊少年，便要毀在這一柄昔日名震河朔、揚威武林的牌劍之下。

哪知佛號尚未念完，只聽「錚」的一聲清鳴。

接著，那胖純陽竟蹬蹬蹬連退數步，掌中短劍斜揚，險些脫手飛去，他矮胖的身形，也險些立足不穩，跌到地上。

卓長卿眼看這支奇形牌劍，已將拍在自己身上，心中亦為之一驚，但他多年苦練，雖驚不亂，手掌突然一圈，五指齊地彈出，「錚」的一聲，竟將胖純陽連人帶劍震出數步。若不是胖純陽亦是內外兼修的內家高手，此刻不但要被這一招絕技震飛手中長劍，只怕連虎口也要被震裂。卓長卿一招得手，卻並不跟蹤進擊，以搶先機，只是冷笑一聲，輕蔑地說道：「原來也不過如此！」

胖純陽連退數步，方自拿樁站穩身形，只聽四下的紅裳少女驚歎之聲不絕，再聽了卓長卿如此輕蔑的說話，他心中既羞且怒。方才他眼看自己一招已將得手，此刻他連自己是如何輸的招都不知道。要知道卓長卿方才五指斜飛一彈，正是司空老人窮研奧秘，將達摩絕技彈指神通化成的一招，不但這身歷其境的胖純陽看不清這一招的來歷變化，就是一旁觀戰的紅裳少女和瘦彌陀，雖然目光一直眨也不眨地望著，卻也未看清這一招的變化。

夜色之下，只見這胖純陽多肉的面龐上橫生的肥肉，竟似起了陣陣抽動，而這肥肉上泛起的油光，似乎變成了淡青的顏色。他雙目如火，狠狠瞪著冷笑不絕的卓長卿，就像是一隻剛從河裡撈起來的比目肥魚一樣。

卓長卿卻連眼角也不望他一眼，卻對那枯瘦如竹的僧人冷笑道：「你如別有神通，不妨也來試試，哼哼，看今日此刻，究竟是誰要當誰的徒弟！」

語聲未了，胖純陽突然厲吼一聲。卓長卿斜眼瞟去，只見這矮胖道人的一身肥肉上，穿著的那件又緊又短的道袍，竟隨著他這一聲厲吼，「嘶」地裂成兩半。胖純陽左手一抓，竟將這件道袍撕了下來，重重一擲，擲在地上。

於是他身上就只剩下了一條青布長褲，緊緊裹著他那兩條粗短的象腿，而他身上的一身肥肉，卻不住地顫抖著，在夜色之中望去，活像是秦淮下游，污穢得使人發嘔的波浪。

紅裳少女齊地一聲嬌嗔，伸出玉掌，掩住眼簾。卓長卿冷笑喝道：「你這是幹什麼？」

這其中只有瘦彌陀知道，他的夥伴此刻已動了真怒，若沒有別人的鮮血染紅他身上的肥肉，只怕他這怒氣便永遠不會消失。

卓長卿口中雖在冷笑，其實他心中卻又大起戒備之心，看到這胖純陽這種可笑之態，心中並沒有半分可笑之意。

只見胖純陽身上的肥肉，越顫越急，雙目的目光也越來越狠，而他口中的厲吼聲卻逐漸低微。

於是，他粗短的象腿，便開始移動起來，但卻又移動得那麼緩慢，那麼沉重。卓長卿目光動處，心頭不禁為之一懍。

原來他目力大異常人，在這深夜之中也能看出這矮胖道人的腳步每一移動，竟在這堅實的山路上，留下一個深深的腳印。

但是他瘦長而瀟灑的身形，卻仍卓立如山石。他明銳的目光，眨也不眨地望在這張醜陋、多肉而滿含怒意的面龐上。

只見這面龐距離自己，越來越近——

那重重的呼吸聲，聽來也像豬欄裡的低鳴，變為陰空中的悶雷。

那些紅裳少女，忍不住移開掩在眼簾上的玉手，抬目望去。

眼前劍光忽然一亮——

卓長卿只覺一道重如山嶽的風聲，隨著這矮胖道人緩緩揮動的牌劍，向自己當頭壓下。

而就在這同一剎那裡，瘦彌陀突然身形躥起，卻也掠向卓長卿身後，靈台飛瀑、天紳倒掛，唰唰兩刀，電也似的向卓長卿背後脊關節之處刺去。

卓長卿雙掌一翻，倏然轉身，腳下有如靈鷺啄魚，連踩七步。

腳步是細碎而繁複的，他瘦長的身形，便在這絕妙的步法間，瀟灑地避開了這前後三招。

哪知，胖純陽生像是早就知道自己這一劍刺不中人家似的，目光只管注定在卓長卿身後。他一招落空，目光卻眨也不眨，突然手腕一反，撲地一劍，向卓長卿左胸刺去。

方才他那一劍似緩慢又沉重，此刻這一劍卻快捷無比。

卓長卿心中一驚之下，只得向右一避，哪知，那枯瘦和尚與這矮胖道士，武功竟配合得絲絲入扣，雖分進卻如合擊，竟倏然一刀，自右向左，這一刀一劍竟將卓長卿攔在中間，卓長卿若要向左退，那牌劍就在那邊，但他如想右進，卻又有如長鞭的利刀擋在前面。

這兩招，一招由左向右，一招自右向左，雖似兩招，正是五台劍派中的絕技大門門式加以變化而成的。

卓長卿雖然武功深不可測，但初遇這招，心中亦不禁一驚，突然右掌一揮，五指齊彈，只聽又是「錚錚」兩響，一刀一劍又自震開。只是他這一招發招前並不準備，是以出手並不重，否則便又得將這一僧一道的身形震退。

牌劍鞭刀，胖仙瘦佛見自己苦練多年的絕招，此刻竟又被人家輕輕易易地一指彈開，心中驚駭無比，但卻絕不遲疑。胖純陽「哼」的一聲，短劍一偏，探海屠龍竟斜斜削向卓長卿下盤，瘦彌陀長刀橫掃，卻是一招天風掃葉，呼地一刀，疾然削向卓長卿左肩。

這兩人方才兩招一左一右，此刻兩招卻是一上一下，招招俱是狠猛無比，而且變招更是快如閃電。卓長卿以一敵二，眼看像是只有招架之功，而無還手之力。那些紅裳少女在夜色中也看不甚清楚，只看到兩道光華，直上直下地劈向卓長卿，兩個照面過去，卓長卿竟連一招也沒有還出，心下又是高興，又是可惜。高興的是眼見自己人得勝，可惜的卻是這少年人品既佳，年紀又輕，死了真有點冤枉。

哪知卓長卿成竹在胸，看了這僧道兩人的這種狠辣的招式，心下卻有些著惱：「我與你二人無冤無仇，你何以下此殺手？想來你們平日必定是毒辣成性。」

當下身軀微側，左手突然閃電伸出，竟搭上了胖純陽手中的劍柄，輕輕地向左一推，胖純陽大驚之下，只覺一股大力湧擊，掌中劍刃竟不由自主地順著他手勢撲劃過去，「噹」的一聲，竟與瘦彌陀長刀相交，被卓長卿架開了一招。

卓長卿這一手以敵攻敵之技，雖然彷彿是太極門中的牽緣手功夫，然其中卻又摻揉了武當空手入白刃的功夫，莫說對手只有兩人，縱有十人八人的刀劍一齊攻來，他也能以敵人之刀攻敵人之劍，再以敵人之劍架敵人之刀。

他露了這手絕技，那些紅裳少女卻看得更是莫名其妙。要知道她們雖會武功，但功夫不深，怎能看得出這種混合了兩種功夫的內家絕技？大家對望一眼，竟都被驚得說不出話來。

駕車的車夫看得手腕發麻，竟不覺將韁繩一鬆，拉車的馬早已被這陣刀光劍影驚得不住長嘶，此刻便「嘶」地向山上衝了過去。但此行道上，上行不易，牠衝了兩步，又只得在道旁停下。那馬車夫驚嚇未定，此刻更是驚得說不出話來了。

這些紅裳少女與駕車夫均心中驚駭，瘦彌陀與胖純陽心裡自更發毛。這兩人功力相若，刀劍相交，均感手腕一麻，虎口也隱隱作痛，立刻斜躍轉足，退後一步。這兩人出道江湖以來，只有在中原大俠卓浩然手中栽過一次大筋斗，此次見這少年，年紀還在昔年的卓浩然之下，武功卻似在他之上，兩人對望一眼，心裡都在暗問自己：「這少年是誰？怎的有如此武功！」

胖純陽脾氣暴躁，性如烈火，此刻心裡暗駭，身上的肥肉卻抖得更加厲害，恨不得一劍將卓長卿剁個透明窟窿。

當下他大吼一聲，揮劍又上。瘦彌陀呆了一呆，也自揚刀而上。

卓長卿方才初展絕技，只道這兩人心裡有數，會一齊退去，此刻見了他們的模樣，完全是一副拚命姿態，不禁大喝道：「我手下留情，你兩人要是再不知進退，可不要怪我手辣了。」

他雖然志切親仇，不想多造殺孽，是以根本不想將這兩人傷在掌下，但這瘦佛胖仙兩人心裡卻另有想法。

他們想這少年武功雖高，但方才也許只是自己一時大意，是以才會失手。若說自己兩人聯手還敵不過這少年的赤手空拳，實在是令人難以置信之事，莫說他兩人不信，此刻便是有別的武林中人在旁，只怕也萬萬不會相信此事。

又是數招已過，那些紅裳少女見到這瘦佛胖仙兩人，一刀一劍配合得的確巧妙，看來彷彿有如水銀瀉地一般，一片光幕將卓長卿密不透風地圍在中間，她們實在想不透，卓長卿是怎麼將這些招式避開的，這實在是令人匪夷所思之事。

卓長卿雖然知道自己此刻已在虎穴之中，隨時都會有人趕來助陣，但他心存忠厚，卻不想速戰速決地將這兩人解決，又見到這兩人的刀劍招式不但配合佳妙，而且俱都是武林罕見的招式，他生性好武，便又起了將這些招式多看上一遍的好奇之心，是以這兩人雖然對他招招俱下辣手，他卻只是一味閃避，並不還手。

但這瘦佛胖仙兩人卻變得更焦躁起來。這天目山中，此刻高手雲集，雖然都同是被那醜人溫如玉邀來的，但其中卻有些人素來與他們不熟，此刻若是見了他兩人久戰一個少年不下，必定會對他兩人加以訕笑。

這兩人一念至此，忽地一齊低嘯一聲，招式又自一緊，唰唰唰唰唰，一連數劍，呼呼呼呼呼，一連數刀，刀刀劍劍，都往卓長卿前胸後背刺去。卓長卿劍眉軒處，心中已動真怒，目光一分，只見矮胖道人一劍當胸刺來，左掌突然穿出。

胖純陽只見他左掌五指俱都微微屈起，只當他又要施展那一手彈指的絕技，心中一嚇，劍鋒便斜斜向右一偏。

哪知卓長卿右掌又倏然穿出，左掌五指平伸，右掌亦五指平伸，兩掌閃電般一招，竟將這柄短劍夾了起來，右手手腕再向內一轉，右肘便乘勢一個肘拳向對方鼻樑撞去。

他這一招式用得更是妙到毫巔，而且看來不是中原武林中任何一門一派的功夫，武當的七十二路擒拿手、少林的十八擒龍掌、崑崙的雲龍小八式，以及四十九路短擋手、牽緣十三式，甚至像妙手空空奪旗掌、散花天女手這一些流傳已久，名震武林的空手入白刃的功夫當中，都沒有這兩掌合拍的一招。

胖純陽亦是久走江湖好勇鬥狠的人物，一生之中，與人交手何止千百次，各門各派的高手，他都會過不少，各門各派的妙招，他也見過許多，卻從未見過這一手的功夫，心中實是既驚又駭，便用力將劍一抽。哪知這柄長劍夾在卓長卿雙掌之中，就像是生了根似的，饒是胖純陽神力驚人，卻連絲毫都未能抽動。

他更加驚駭，卻見對方的手肘已撞向自己面門，知道只要給他撞入門面，就算不死也得重傷，剎那之間，他心念數轉，但想來想去，也想不出解救之道，只得手掌一鬆，撤劍後退。

瘦彌陀目光動處，見到這一招，心中亦是一懍，來不及去想別的，唰地一刀，立劈華岳，劈向卓長卿頭頂。

此刻卓長卿雙手夾著劍身，右肘又已撞出，全身力道，都全在雙掌之上，他縱然武功再高，似乎再也難避過這一刀之危，瘦彌陀眼看自己這一刀又將得手。

哪知卓長卿頭不回，腰不彎，腿不曲，腳不動，身不側，只是夾著短劍的手掌，拇指卻突然向下一按，指尖一合，恰好將短劍的劍尖向下一按，短劍便立刻倒豎彈起，劍柄向上，疾然反彈出去。

只聽又是「錚」的一聲。

瘦彌陀力劈而下的刀鋒，被卓長卿反彈而上的劍柄一彈，只覺右臂發熱，全身一震，長刀竟脫手飛了出去，飛向那群紅裳少女。

紅裳少女齊地一聲嬌喚，四下避開，只見這柄長刀，在夜光之中，仍然燦爛如銀，有如一道銀芒般飛來。

在這刹那之間，瘦佛胖仙兩人掌中的兵刃竟都已脫手，他兩人竟都退到一邊，瞪著眼睛發愣，心中既是驚駭，又覺羞憤，卻又有些莫名其妙，不知卓長卿這一招究竟是如何發出的。

「嗤」的一聲，長刀插到地上，瘦彌陀目光雖仍向卓長卿怒目而視，心中卻大生怯意，恨不得腳底指油，一走了之。

胖純陽生性較烈，狠狠地瞪了卓長卿幾眼，突然喝道：「你快來給我一刀將我殺死，要麼便說出你的姓名，總有一天，我要來復仇。」

卓長卿淡淡冷笑一聲，還未答話。

哪知——

山道側被夜色籠罩著的山林中，突又傳出一陣咯咯怪笑。

這怪笑之聲不但來得極為突然，而且笑聲之森冷怪異，當真是難聽到了極點，就算是梟鳥夜啼，難聽的程度也不及這笑聲一半，只聽得紅裳少女們一個個緊握手掌，渾身悸遍，瘦佛胖仙兩人對望了一眼，也不禁激靈靈打了個寒噤。

卓長卿雖仍昂然卓立，心胸之間，也像是突然泛起一陣難言的感覺。

只見山林陰影之中，隨著這咯咯的怪笑之聲，突然緩緩走出三個又矮又胖的人來。卓長卿定睛望去，只見這三人不但高矮如一，肥瘦相同，身上的裝束打扮，竟也是完全一模一樣。

這三人身上穿著的，竟都是一襲五色斑斕的彩衣。雖在深夜之中，這三人身上的彩衣，看來卻仍然閃閃生光。一陣風吹來，彩衣隨風飄動，非絲非緞，也看不出是何物所做。

他們腰邊，俱都懸著一柄長劍，劍鞘之上，滿綴珠寶，襯著閃閃生光的彩衣，更覺絢麗奪目，燦爛光輝，不可方物。

方才卓長卿見了胖純陽，只當他已可算是全世界最矮最胖的人了，哪知此刻一見這三人，竟似還要比胖純陽胖上三分，矮上三分，一眼望去，竟像是三個發光滾來的圓球。

這三人一齊舉步，一齊緩緩走到近前，最右的一人突然張口說道：「我是黎多大！」

中間的一人隨即接口道：「我是黎多二！」

左側的一人竟也立刻接道：「我是黎多三！」

這三人不但嗓音怪異，而且說話的語聲更是怪異。卓長卿一愕，想了一會兒，才知道這三人原來是在自報姓名。

他想起方才那一僧一道不但不說自己的姓名，要叫人去猜，而直到此刻，還是沒有說出他們的姓名來，但這三人卻二話不說，先就道名，再加上名字的古怪，卓長卿心裡好笑，但想到這天目山中竟有這麼多怪人，而且一個怪勝一個，一個強勝一個，卻都是與自己為敵的，不禁又笑不出來。

哪知道三個姓黎的怪人說完了話，突然又一齊伸出了大拇指，向卓長卿一揚，齊聲道：「好哇，好哇！」

卓長卿反一愕，雖不知道他們在說什麼，但看來卻像是在讚揚自己。只聽那黎多大伸著大拇指，說道：「你個人哪，武功真好哇，居然把扶桑三島上頂頂好哇的大劍客的本事學會了。自從我上次見過柳生刀馬守用過這一招之後，我就沒有見到有人能將這一招用得這麼好哇的。」

他說起話來，生像是捲著舌頭，卓長卿聽得滿頭大汗才算聽懂一些，心頭卻已大駭。

原來他方才施出的雙掌合拍的那一招，正是司空老人昔年東游粵境時，從一個浪遊至中國的扶桑浪人學得，再加以變化改良的。據那扶桑浪人說，這一招的來歷，是日本天下武術總教練，也就是日本武術的第一門派柳生英雄派的絕技。這日本浪人本是柳生門中的高手，因為犯了門規，畏罪潛逃，才逃到中國來，在縣境中也曾出過一陣風頭，後來見著司空老人，才知道中原武功的深奧，實是深如滄海，自己的這點武功，不過是滄海中的一粟而已，再也不敢在中國稱雄了。

司空老人在傳卓長卿這一招的時候，也曾將這一招的來歷說出，而且笑著說：「中原境內，豪傑雖多，但識得這一招的，只怕沒有幾個。」

卓長卿方才施出這一招，果然使得別人莫名其妙。

哪知這三個彩衣怪人一見面，就揭破了這一招的來歷，卓長卿自是大感意外。卻聽得黎多大咯咯一陣怪笑，竟向那瘦佛胖仙道：「我先前以為你兩個武功好哇，哪知道——嘻嘻，卻一點兒用也沒有。你兩個還發什麼威，快回家算了。」

瘦佛胖仙兩人面上陣青陣白，胖純陽身上的肥肉也動不起來了，像隻死豬似的呆立了良久。卓長卿望了他一眼，見他嘴皮動了兩動，似乎還想說話的樣子，便朗聲說道：「在下卓長卿，兩位如果有意復仇，只管來尋我便是！」

胖純陽面色一變，脫口道：「你姓卓！卓浩然是你什麼人？」

卓長卿肅然道：「正是家父。」

瘦佛胖仙對望了一眼，齊地暗歎一聲，想到自己兩人雖然稱雄一世，卻敗在人家父子兩人的手上，心裡又是難過，又是灰心，狠狠瞪了那著彩衣怪人一眼，掉頭就走，連落在地上的刀劍都不要了。

黎多大、多二、多三，一齊怪笑了起來。黎多三怪笑道：「這種衰哇還出來現身，真是丟人！」

卓長卿原來以為這三人與那胖瘦僧道兩人本是一路，此刻見他們對自己如此讚揚，對那僧道兩人卻如此謾罵，心下不禁大奇。

他卻不知道，這三人本是海南劍派中的高手，曾經遠遊扶桑，是以一眼便看出卓長卿那一招的來歷。

這三人來到中原後，亦被醜人溫如玉請來助陣。但他們三人久居海外，對中原武林中人多不熟悉，也看不起，這其中，他們尤其看不起那胖仙瘦佛兩人，在這數日之中，已冷言熱語互相罵了多次。這三人武功雖不錯，但卻不識中原言語，說起話來已是吱吱咯咯的讓人聽不清楚，與人相罵，自然更不是人家的敵手，是以便受了那瘦佛胖仙不少的氣。

因之他三人便對瘦佛胖仙大有惡感。方才卓長卿與瘦佛胖仙動手之際，他三人在林中看得清清楚楚，卻不出來幫助，直等到瘦佛胖仙不敵，他三人才慢條斯理地走過來，一面故意對卓長卿恭維，一面又向瘦佛胖仙二人笑罵。

卓長卿只見這三人望著瘦佛胖仙一肥一瘦、一高一矮兩條身影幾個起落消失在夜色中，笑得更是得意，心中不禁暗忖：「這三人究竟是怎麼回事？說起話來卻又不像人說的，起的名字，更不像是人的名字，但看來武功卻像是甚為淵博。但三人此刻突然現身，究竟與我是為友還是為敵呢？」

目光抬處，卻見這三人笑聲突然一齊頓住，面容立刻變得森冷異常，六道冰冷的目光，一齊望向卓長卿，哪裡還有半分讚揚之意？

於是卓長卿便又一次戒備起來。對這三人，他並無絲毫畏意，使他心裡有些著慌的，是這天目山中，不知還有多少怪人。要是像這樣一個接著一個地現身，車輪大戰，倒的確是件討厭的事。

卓長卿見這三人面色突變，心中亦有些懷恨，只見當中那黎多二突地搖搖晃晃地向自己走了過來，且又桀桀怪笑道：「你叫什麼名字？跑到這裡樂幹乜哇——」

說到一半，他忽然想起「乜哇」兩字乃是自己家鄉土話，別人怎會聽得懂，又想了想，方自接著又道：「跑到這幹什麼？我看你最好也像剛剛那兩個人一樣，快些回家去吧！」

卓長卿劍眉一軒，朗聲道：「在下若是要上此山，世上便無一人能叫在下下山的。」

那黎多二咯咯地又是一陣怪笑，伸出手掌，這次卻將食、中、無名三指齊壓在拇指之下，伸了隻小指出來，在卓長卿面前搖了兩搖，指了兩指，方自怪笑著道：「你不要以為你真的好哇，在我們面前，你不過是這個！」

卓長卿呆了一呆，道：「哪個？」

轉念一想，方自會過意來：「這個想必就是小指了！」

他幼遭孤零，成長時全在苦練武功，根本沒有和頑童嬉戲過，這種說話的方式，他更是從來不曾聽過，心下不禁氣惱，暗道：「無聊！」

哪知道黎多二怪笑未絕，突然反手一抽，抽出腰邊長劍，左腳一溜，右腳斜進，踏奇門，走偏鋒，唰地一劍刺向卓長卿，劍光繚繞，劍尖顫動，卻停留在卓長卿面前三寸之處，他笑聲方自一頓，又道：「你下不下山去？」

卓長卿心裡有氣，亦自伸出手掌，將食、中、無名三指，一齊壓在拇指之下，冷笑道：「我不下山去！」

右手小拇指，突地對準劍尖一彈，喝道：「你才是這個！」

黎多二方才抽劍出劍，再加上劍尖的這一陣顫動，俱都快如閃電，的確是要數十年精純的功夫，他只道這少年會對自己的武功驚駭，哪知人家卻依然昂然卓立，無動於衷，他心裡已有些奇怪，等到卓長卿像他一樣伸出手掌來，他心裡便更大奇，方待喝問，哪知只聽「嗡」的一聲清鳴，自己手中長劍竟似突然被大力一震，再也把持不定，蹬蹬連退兩步，劍身搖搖欲墜，他拚命握緊手掌，才真沒有脫手飛去，但覺得右臂發麻，虎口發熱，卓長卿若是再來一下，長劍便要飛出去了。

他呆呆地愣了半晌，卻還是不明白對方使的是何手段。

卓長卿冷笑一聲，道：「這一招是什麼來歷，你可知道？」

黎多大、黎多二、黎多三久居海外，雖然方才揭破了卓長卿那一招的來歷，但卓長卿此刻使出這種中原的精微武功，他三人如何知道？一時之間，三人面面相覷，竟都呆住了。

卓長卿見他三人呆瞪，又自冷笑一聲，緩步走過黎多二身側，向山上走去。目光抬處，卻見那些紅裳少女，在這一刻工夫，都走得不知去向，連車上的車夫都沒有了，只剩下一輛空車，停在道旁。

此刻他自知自己向山上每走一步，便距離虎穴更近一步。但事已至此，他再若下山，豈非要讓別人恥笑？

要知道他生性本是寧折毋屈之人，勇往直前不肯回步。當下緩緩向山上走去，心中一面在尋思該如何應付山上的敵人，一面卻在暗中留意，身後的這三人會有何舉動。

來自海南的黎氏三劍，你望著我，我望著你，呆呆地愣了半晌。三人見了卓長卿這樣深不可測的武功後，都在暗問自己：「該怎麼辦？」

他們眼見卓長卿向山上走去，自己若是不加阻攔，則海南三劍的顏面何存？但自己若是加以阻攔，卻未必是這少年的敵手。若是敗在這少年手下，那豈非更是求榮反辱？

三人四下看了一眼，只見夜色沉沉，空山寂寂，除了自己三人和這少年之外，便再無人蹤。三人又對望一眼，心裡各自想道：「這裡沒人看見，我走了也沒有人知道。」

要知道這三人與醜人溫如玉本非深交，他們自然不會為她賣命。

三人自幼生長一處，心意本就相通，各自打了個眼色，便齊地向山下掠去。卓長卿走得極慢，只道這三人會從背後向自己襲擊，哪知走了十數步，等了許久，背後仍是寂無聲響。他心裡奇怪，頓足轉身望去，只見一條小路，蜿蜒返向山下，夾道兩行林木，右面林木斜下，想是山邊，左面林木斜上，想是山崖，這兩行林木，此刻俱是寂無人聲，那三個彩衣怪人，早已不知藏到哪裡去了。

想到方才這三人那種趾高氣揚的樣子，他心裡有些好笑，但轉身望向山上，亦有一條山路，蜿蜒著通了上去，亦有兩行林木，夾道而立。這山上深沉的夜色，雖和山下完全一樣，但在這深沉的夜色中，究竟隱藏著什麼，卻令他難以推測。他腳步一頓，彷彿打了個寒噤，暗自忖道：「此山如此之深，那醜人溫如玉究竟在山中何處，我也不知道，那些紅裳少女又都走了，我也不如下山去吧！」

但心念轉處，他不禁又暗笑自己：「卓長卿呀卓長卿，你若是不敢上山，只管也如那些人一般溜走好了，又何苦替自己找個藉口？你此番上山，若然找不著人家，難道人家便不會來找你嗎？」

一念至此，他一挺胸膛，向山上走去。

第十三章　天禪寺中

卓長卿戌末時分離開臨安城，一路行來，又遇著這些變故，並不知時間過了多久，只覺此刻夜色越來越深，天上星河耿耿，地上林木蒼蒼，一時之間，他彷彿又覺得天地雖大，卻只剩下了他一個人，不禁百感叢生，竟高聲朗歎道：

颶作海渾，天水溟蒙，
雲屯九河，雪立三江。
夢幻去來，誰少誰多？

彈指太息，浮雲幾何！

……

要知道他此刻本想引出別人來，是以才將這有宋一代詞豪蘇軾的四言古詩，隨意擇了兩段，高聲念出。但念了幾句，四下仍是空山寂寂，靜無人聲。他想到「彈指太息，浮雲幾何！」不覺將這兩句又低誦兩遍，意興突然變得闌珊起來。

此刻他漫無目的，亦不知那醜人溫如玉設下的大會會址，究竟是在何處，是以便未施出輕功，只是信步而行。突然瞥見前面谷中，有幢幢屋影，他精神一振，急步走了過去，只見前面山道旁的一片土崗之上，竟建著一座寺觀。他一掠而上，卻見這座寺觀已頗為殘破，大門前的匾額之上，依稀可以辨出是「天禪寺」三個金漆剝落的大字。

他失望地歎息一聲，知道這破廟與那醜人溫如玉定無干係。但百無聊賴之中，他躊躇半晌，竟走進大殿，目光望處，卻見這沉落在夜色之中的佛殿，神台佛像，竟還俱全，當中供著一尊丈餘佛像，垂目低眉，似乎在為世人默禱，又似乎在憐惜著世人的生老病死，無限愁苦。

方從十丈紅塵、江湖仇殺中走來的卓長卿，陡然來到這樣所在，見了這尊佛像，一時之間，心中亦不知是什麼滋味。目光四轉，只見佛殿四壁，似乎還畫著壁畫，雖然亦是金漆剝落，但亦可依稀辨出是佛祖當年在菩提樹下得道正果的故事。

他方才不顧一切危險之下，決心要到這天目山來的時候，只道來到這天目山上，處處俱是害人的陷阱，哪知走了一段，他雖然大叫大嚷，卻無人來睬他，他自己竟來到這種地方。

前行兩步，他移動的人影，劃破了滿殿的星月之光。一陣夜風吹來，他望著這佛像、這圖畫，一時愛恨嗔喜，百感俱生，交相紛替，但倏而升起，倏然落下，有時心中卻又空空洞洞，似乎什麼也想不起了。他長歎一聲，尋了個神像前的殘破蒲團，拍了拍，哪知上面卻無塵土。他心一奇，矮身坐了下去，方自暗中尋思。

卻聽萬籟俱寂之中，大殿突然傳來「篤」的一聲木魚之聲。

卓長卿心中一震，凝神聽去，只聽這「篤篤」的木魚聲，似乎來自殿後。

剎那之間，他心弦為之大驚，唰地站了起來。佛殿中有木魚聲傳出，本是天經地義之事，也用不著驚慌，但在卓長卿眼中看來，在這天目山裡，一切便都似乎有些異樣，何況這佛寺是如此頹敗，時光是如此深夜，在這深夜的破寺中，會有木魚之聲，也確非尋常之事。

聽了半晌，那木魚聲仍然「篤篤」敲個不停。他暗中吸了口長氣，衣袖微拂，唰地掠入後院。只見後院中一座偏殿的窗紙上，果然有昏黃的燈光映出，而這篤篤的木魚聲便是從這偏殿傳來。卓長卿身形不停，筆直地掠了過去，只見窗框緊閉，只有最上面一格窗紙，似乎有個豆大破洞。

深夜荒寺之中，有人念經，已是奇事，而在這種荒寺中，竟有如此完整的窗戶，似乎更是件奇事。卓長卿心中疑雲大起，毫不考慮地縱身躍上，一手搭上屋簷，湊首從那破洞中往裡一看，卻見這偏殿中四下空空蕩蕩的，只有當中一張神桌，上面供著一面靈牌。靈牌旁一盞孤燈，燈光昏暗，靈牌上的字跡又小，上面寫的什麼，一時無法看清。但神台前跪著一人，雖其背向卓長卿，他卻已可分辨出是個女子。

這女子一身玄色素服，長髮披肩，如雲如霧。卓長卿心中一驚，這佛寺之中，怎麼會有個長髮的女子？

只見這女子雙肩聳動，不住地敲響木魚，口中似乎也在念著佛經。深沉的夜色、昏黃的燈光、空洞的佛像，襯著這孤孤單單跪在這裡的女子，淒淒涼涼的木魚聲，讓人聽了，心底不由自主地泛起來一陣寒意。

卓長卿手掌一鬆，飄身落到地上，心中暗忖：「這女子不知是誰，怎的深更半夜地跑到這荒寺來念經——」

心念一轉：「噢，是了，這女子想是個帶髮修行的尼姑，因看這荒寺無人，便在此處住下——不知她知不知道，這天目山中轉瞬便要變成江湖兇殺之地，再也容不得她在此清修了。」

他心念數轉，突地想到這女子既然在天目山上居住，不知是否知道那醜人溫如玉在此的行動。他心中一面想著，一面便停步向這偏殿的門戶走去。方自走到門口，只聽裡面木魚之聲未停，卻已傳出一個冰冷的聲音，緩緩說道：「進來！」

此刻他雖未施展輕功，但腳步卻仍走得甚輕，這偏殿中誦經的女子，竟能聽出他的腳步聲，卓長卿心中不禁又為之一震，沉聲道：「在下有一事相問，深夜打擾，還望女居士恕罪。」

只聽裡面似乎冷冷哼了一聲，木魚之聲，突然頓住。卓長卿硬著頭皮推開了門，卻見裡面素服披髮的女子，仍然背門而跪，動也未動，神台上的靈位，卻已無影無蹤了。

卓長卿心中狐疑，輕輕乾咳一聲。那女子一掠秀髮，緩緩回過頭來。卓長卿一見這女子之面，心中不由更大吃一驚，呆呆地愣在那兒，一句話也說不出來了。

這女子一眼望見卓長卿，神色亦突然一變，但瞬即輕輕歎了口氣：「原來是你！」

她言談之間毫無敵意，卓長卿不禁又為之大奇。原來這位女子竟是那醜人溫如玉最鍾愛的弟子溫瑾。

在這刹那之間，他眼前似乎又泛起了數日之前，初次見到這少女的景象。

那時她媚笑如花，言語如水，卻又能在言笑之間，置人死命。而此刻她卻是一身素服，眉峰斂愁，哪裡還是數日前的樣子？在這短短數日之間，竟使這明媚刁蠻的少女，一變而為如此悲怨，的確是卓長卿料想不透之事。

他呆呆地愣了半晌，方自乾咳一聲，緩緩道：「原來是溫姑娘。」連退三步，退到門邊，腳步突又停下，暗忖道：「卓長卿呀卓長卿，你到這天目山上，不就是為著要見此人嗎？怎的一見到她，你就要走！」

跨前一步，沉聲又道：「夜深如此，溫姑娘一人在此，卻是為著什麼呢？」

溫瑾回過頭，望了望面前的木魚，突地苦歎一聲，緩緩道：「你與我數日前雖是敵人，但現在我已不想與你為敵。不過——我在這裡幹什麼，也不關你的事，你還是快些走吧！」

她說到後來，言語中又露出了昔日的鋒芒，卓長卿聽了又呆了一呆。他實在不知該如何來與這少女應對，呆立了半晌，心念突然一動，脫口道：「姑娘在此誦經，不知是為了誰呢？」

只見溫瑾猛一回頭，一雙明媚的秋波中，突然射出逼人的光芒。卓長卿想到那高冠羽士說的故事，又想到方才在神台上，此刻突地失蹤的靈牌，心中已有所悟，便又長歎一聲道：「在下曾經聽得，昔日江湖間，有兩位大俠，那時江湖中人稱這兩位大俠叫梁孟雙俠，不知姑娘可曾知道這兩位大俠的大名嗎？」

他一面緩緩說著，一面卻在留意溫瑾的面色。只見她聽了這「梁孟雙俠」

四字，全身突然一震，目光中的鋒銳，已變為一眼哀怨之色。

卓長卿語聲一了，她立刻脫口接道：「你可就是卓長卿？」

這次卻輪到卓長卿一震：「她怎的知道我的名字？」

方要答話。哪知——

門外突然響起一聲暴喝，一條長大的人影，夾著一股強烈的風聲，和一陣譁然的金鐵交鳴之聲，旋風般地撲了進來。

神桌上燈火一花，卓長卿心中一驚，只覺此人來勢猛急，方自轉首望去，只覺身前風聲激蕩，已有一條長杖，劈面向自己打了下來。

卓長卿大喝一聲：「是誰？」

身軀猛旋縮開三尺，但聽「砰」的一聲大震，地上火光四濺，原來方才這一杖擊他不著，竟擊到地上，將地上的方磚擊得粉碎，激出火花。這一杖的力道之猛，可想而知。

卓長卿莫名其妙地避過來人擊出的這一杖，還未看清來人究竟是誰，哪知這人勁力驚人，一杖雖然擊在地上，但手腕一挑，次招隨上，嘩啦啦一陣金鐵交鳴，又是一杖，向卓長卿攔腰掃去。

若在平日，這人的杖勢雖然驚人猛烈，但以卓長卿的功力，不難施出四兩撥千斤的內家功夫，輕輕一帶，便可叫此人鐵杖脫手。但他從這鐵杖上發出的這陣金鐵交鳴之聲中，卻聽出此人是誰來，便不願施展煞手，縱身一躍，躍起丈餘，只覺一陣風聲，從腳底掃過。

他實不願與此人交手，伸手一招，掌心竟吸著屋頂。他身形一弓，整個人竟都貼到屋頂上，目光下掃，朗聲喝道：「大師請暫住手！」

那突然閃入的長大人影，連發兩招，俱都是少林外家的絕頂功夫，只道對方在這間並不甚大的房間裡，一定難以逃過自己聲威如此驚人的兩招，哪知他兩招一發，對方卻連人影都不見了。

只聽到卓長卿在屋頂上發聲，他方自抬目望去，見到卓長卿這種絕頂功夫，心中亦不禁一驚：「哪裡來的毛頭小子，竟有如此功夫。」但他生性剛猛獷強，雖然心驚，卻仍大喝道：「臭小子，有種的就下來，不然洒家跳上去，一杖把你打死。」

溫瑾自從聽了梁孟雙俠名字後，神情一直如癡如醉，此刻方自抬首，說道：「你下來，我有話要問你。」

又回首對那人道：「大師，你也不要動手了。」

這人呆了一呆，道：「方才我一直坐在外面的蒲團上，坐了一夜，剛剛出去方便一下，哪知就被這小強盜闖了進來——」

卓長卿心中一動：「原來他方才坐在外面的蒲團上，難怪那上面沒有塵土。」

原來此人便是那江湖上最最喜歡多管閒事的少林門人，多事頭陀無根。他聽了溫瑾的話，和她一起來到天目山。但當他見了天目山上的一些邪門歪道，卻又相處不慣了，本來早就要下山走了，但溫瑾卻費了千言萬語，將他拖住。他心裡雖不願，但一來心性喜歡多事，二來對溫瑾也有些喜愛，便勉強留了下來。

此刻溫瑾在內殿誦經，他卻在外面望風，不准別人進來，哪知就在他出去方便之際，卓長卿卻恰巧闖了進來。他方便過後，聽到裡面有人語之聲，跑來一看，竟是那個被溫瑾指為強盜的少年，便不分青紅皂白地打了進去。

哪知溫瑾此時卻又叫他住手。他生性莽撞，哪裡知道其中的曲折，怪愕地望著溫瑾，希望她能給自己一個解釋。

哪知溫瑾卻又幽然長歎一聲，道：「這人不是強盜，我——我和他還有話說，大師還是出去吧，不要再讓別人進來了。」

多事頭陀心中更是奇怪，想了半天，狠狠一跺腳，道：「你們這些年輕人，真是奇怪。」

一搖方便鏟，大步走了出去。

卓長卿見了這高大威猛的和尚，對這少女的話竟是言聽計從，不禁暗中一笑，輕身落了下來，卻聽溫瑾又再問道：「你想來就是卓長卿了？」

卓長卿頷首稱是。只見溫瑾長歎聲中，突然緩緩從身上拿出一物來，卓長卿轉目望去，只見竟是方才放在桌上的白木靈位。

溫瑾將這面靈位又放到桌上。燈光下，卓長卿只見上面寫著的竟是：「先父梁公，先母孟太夫人之位！」

他心中不禁一懍，忖道：「她怎的竟已知道了自己的出身來歷？可是——她知不知道她的恩師就是殺死她父母的不共戴天的仇人呢？」

只見她目光中滿含悲傷，睫毛上滿沾淚光，眼簾一夾，兩粒晶瑩的淚珠，便緩緩地自面頰流下，她也不伸手擦拭一下，只是幽幽歎道：「我真是命苦，一直到昨天，才知道我的親生父母是誰。可是——我……我直到現在，還不知道我爹爹媽媽是怎麼死的——」

她抽泣的語聲一頓，卓長卿只見她哭得有如梨花帶雨，心中亦大感淒涼。卻見她語聲一頓，突然長身站了起來，向卓長卿緩緩走了過來。卓長卿見她兩眼直視，行動僵硬，像是入了魔的樣子，心裡又是憐惜，又是難過，沉聲道：「姑娘，你還是……還是……」

他本想說兩句安慰的話，但說了兩聲「還是」，卻還是沒有說出來。只見溫瑾緩緩走到他身前，突然雙腿一屈，「噗」地跪了下去。

卓長卿大吃一驚，連連道：「姑娘，姑娘，你這是幹什麼！」側身一讓，讓開三步，想伸手扶起她來，又不敢伸手，終於也「噗」地跪了下去。

深夜之中，佛殿之內，靈台之前，這對少男少女竟面面相對地跪在一起。多事頭陀方才雖然走了出去，但越想越覺得不是滋味，此刻又跑了進來，見到這種情況，不禁大感吃驚，呆呆地愣了半晌，心中暗罵：「年輕人真奇怪。」

但卻終又躡手躡腳地退了出去。

卓長卿跪在溫瑾對面，心裡雖有許多話說，卻不知該先說哪句才好。

只見溫瑾一雙秋波之中，淚珠簌簌而落，良久方才強忍哭聲，抽泣著道：「我知道……你知道，我知道你知道……」

卓長卿一愕，他真的不知道這六字是什麼意思，不禁脫口道：「知道什麼？」

溫瑾伸出手來，用手袖擦了擦自己的眼淚。她聽了卓長卿的問話，再想到自己方才說的那六個字，心裡也覺得有些好笑，自己怎會說出這樣無頭無腦的話來。但她此刻正是滿心悲苦，哀痛欲絕，哪裡笑得出來？

她又自抽泣半晌，方自說道：「我知道只有你知道我爹爹媽媽是怎麼死的，也只有你知道殺死我爹爹媽媽的仇人是誰，是不是？」

卓長卿大奇：「她是如何知道我知道的？」

一時之間，心中猜疑大生，竟忘了回答她的話。

「難道她也遇著了那位高冠羽士？但他既然說出了她父母是誰，卻又怎的不將她的仇人是誰告訴她呢？」

溫瑾淚眼模糊，凝視著他，見到他的神情，又自抽泣著道：「我知道我以前不好，對不起你，但是我……我希望你不要放在心上。你要是告訴了我，我……我會感激你一輩子。」

卓長卿長歎一聲。這刁蠻驕傲的少女，此刻竟對他說出這樣哀懇的話來，他非但不覺得意，反而有些難受，長歎著道：「姑娘雙親的慘死之事，在下的確是知道，但此事說來話長。唉——不知道此事是誰告訴姑娘的？是否一個叫高冠羽士的長者？他除了告訴姑娘這些之外，還說了些什麼？」

溫瑾雙目一睜，奇道：「高冠羽士是誰？我連聽都沒有聽過這人的名字。」

卓長卿一怔，卻聽她話聲微頓，又道：「這些事，唉——我說給你聽沒有關係，你可千萬不要告訴別人。昨天晚上，我已經睡了，窗外突然有敲窗子的聲音。我大吃一驚。要知道我睡的地方是在後面，前面的一排客房裡，不知住了多少武林高手，這人竟能跑到我窗外來敲窗子，我心裡又吃驚又奇怪，不知道是誰有這麼大的膽子。」

聽她說到這裡，卓長卿也在暗問自己：「這人不是高冠羽士，卻又是誰呢？他怎麼會知道這個秘密？」

只聽溫瑾接著道：「那時我心想，這人一定不是外來的人，因為江湖中能在這麼多武林高手住的地方跑到後園來的人，簡直太少了。我以為這又是那些討厭的傢伙，跑來……跑來討厭了。」

卓長卿心中一動，想到車中那些少女說的話，又想到那個叫作什麼花郎畢五的人，心裡有些好笑。但他此刻心中亦是沉重萬分，這點好笑之意，在心中一閃，便被那沉重的愁緒壓了下去。

說到這裡，溫瑾語聲亦自一頓，像是有些羞澀之意，但瞬即接道：「我心裡又恨又氣，悄悄披了件外衣，跳下了床，卻從另一個窗口掠了出去，準備給這廝一個教訓。哪知我掠到窗外，四顧一眼，窗外竟無人影。我方自有些奇怪，哪知背後卻有人輕輕一笑，沉聲說道：『我在這裡。』」

她透了口氣，又道：「那時我真是嚇了一跳，心想這人的輕功竟然這麼高，趕緊回過頭去一看，才知道這人竟是武林中輕功最高的人，所以才能在這麼多高手住的地方，出入自若。唉——莫說是我，只怕師父也不見得能摸得著他的影子。」

卓長卿雙眉一皺，低語道：「武林中輕功最高的人……是誰？」

他心想武林中輕功最高的是我師父，莫非是師父？但那溫瑾接著說的卻是：「這人你大概也是認得的，他就是那『萬妙真君』尹凡，他——」

卓長卿渾身一震，脫口呼道：「萬妙真君尹凡！他是不是一個身材高高，五柳長鬚，穿著道袍，戴著道冠的老人？」

溫瑾點了點頭，奇怪地問道：「你不認得他嗎？他怎的知道你的？」

直到此刻，卓長卿心中方自恍然大悟，那高冠羽士實在就是萬妙真君，也就是殺害他父母的仇人之一。

一時之間，他心中百感交集，但想來想去，卻弄不清這萬妙真君為什麼要在自己面前弄這手玄虛。要知道他雖然聰明絕頂，但到底年紀太輕，對世間一些鬼蜮伎倆，自然還不清楚。

那溫瑾卻不知道此中的曲折，見到卓長卿不再說話，便接著說道：「這萬妙真君尹凡和師父本是素識，以前也常來往，直到近來才沒有見過他的人。我從師父口裡，還時常聽到師父要找他。這時我見他突然來了，不去找師父卻來找我，心裡大為奇怪。他看了看我，笑了笑，劈頭第一句話竟然就是問我：『你知不知道你的爹爹媽媽是誰？要不要我告訴你？』」

她幽幽地長歎一聲，又道：「自從我懂事以來，這個問題我已不知對自己問過多少遍了。我坐著也好，站著也好，吃飯也好，無時無刻不在想知道這個問題的解答。我對這萬妙真君心裡雖然有些懷疑，但他這第一句話，卻問進了我的心裡。」

卓長卿心中思潮反覆，呆呆地聽著她的話。這兩人一個說得出神，一個聽得出神，竟忘了兩人俱都還跪在地上，誰也沒有站起來的意思。

只見溫瑾又道：「當時我心裡一動，就求他告訴我。哪知他又對我笑了笑，要我先把師父捉回山裡來的一個少年放出來，他才告訴我。」

「唉，我雖然知道這傢伙一定做了對不起師父的事，是以師父才會把他的徒弟禁閉起來，我也知道他雖然武功很高，卻不敢見師父的面，也不敢在這種地方到處搜索，是以才來要脅我，但這件事卻的確打動了我的心。莫說他要我做這件事，他就是要叫我做比這再困難十倍的事，我也會答應的。」

卓長卿聽到這裡，不禁皺眉歎道：「那麼你就把那姓岑的放了？」

溫瑾頷首道：「我就把姓岑的放了。」

卓長卿道：「然後呢？」

溫瑾眨了眨眼睛，像是強忍著眼中的淚珠，又自歎道：「然後他就告訴了我爹爹和媽媽的名字，還說我爹爹媽媽是被人害死的。我聽了這話，心裡真有說不出的難受，恨不得馬上就找著害死我爹爹媽媽的仇人。只是他那徒弟在旁邊不懷好意地望著我，我忍住氣，問他我仇人是誰。」

卓長卿劍眉一皺，問道：「他怎的不告訴你？」

溫瑾幽幽一歎，說道：「他聽了我的話，臉上就露出很為難的樣子來。這時候，旁邊突然有人聲走動，他似乎大吃一驚，連忙拉起了他徒弟的手，一面匆匆道：『你去問卓長卿好了。』一面便如風掠走了。唉——他輕功實在高妙，手裡拉著一個人，我仍然追不到。我也怕師父發現我偷偷放走了人，只得跑回房裡。但是卓長卿是誰呢？我心裡也起伏不定，直到天亮，哪裡能夠入睡。」

說著說著，她眼淚終於不能自禁地流了下來，她又伸手一拭，接著道：「今天我見著師父，師父正在為著突然丟了個人而大發雷霆。我也不敢將這事說出來，只有自己偷偷為爹爹媽媽做了個靈位，一個人跑到這裡來，為他們念經。唉——我嘴裡雖在念經，心裡卻在想著，害死我爹爹媽媽的仇人是誰呢？卓長卿是誰呢？叫我怎麼找他？」

她目光一瞟卓長卿，又道：「我看見你來了，心裡難受得很，也不想和你為敵，哪知……哪知你就是卓長卿。」

她頓住了話聲，緩緩地垂下了頭。卓長卿望著她的頭髮，心中卻在暗中思忖：「那萬妙真君如此做法，想必是為了想借我兩人之手，除去那醜人溫如玉，因為那溫如玉想必恨他入骨，一定要殺了他才甘心。但是，他又怕我們不是溫如玉的敵手。溫如玉將我殺了，他固也稱心如願，但如溫如玉知道了這些話是誰說的，他便更是不得了，是以他不親口告訴溫瑾，卻叫溫瑾來問我。唉——此人用心之歹毒，實在有如蛇蠍！」

方才溫瑾說話之際，他便一面在心中尋思，這些推測，卻是他經過多次思考然後歸納所得，也正是那萬妙真君的用心所在。

要知道萬妙真君雖然知道卓長卿與自己亦有不共戴天的必報之仇，但他自恃著武功高強，知道卓長卿此刻還不是自己的敵手，是以他便未將卓長卿放在心上。使他真正心存恐懼的，自然便是那醜人溫如玉。

他如此做法，不出卓長卿所料，的確是想假卓長卿與溫瑾兩人之手，除去自己的心腹大忌。縱然他兩人不是溫如玉的敵手，極可能被溫如玉殺死，但溫如玉殺了自己的愛徒，心裡也不會好受，何況卓長卿也是他極思除去之人。

萬妙真君尹凡一生喜用借刀殺人之計，這次他做得更是得意，不管此事如何發展，對他卻只有百利而無一害的。

一時之間，卓長卿的心中義憤填膺，對這萬妙真君的怨恨之心，竟然比對醜人溫如玉還要超過三分多。

只聽那溫瑾一歎又道：「我什麼都告訴了你，你也該告訴我了吧？」

卓長卿望著她那一雙滿含懇求期待之色的眼睛，方待張口。

哪知——

前殿中突又傳來一聲暴喝，只聽那多事頭陀大聲吼道：「無論你是誰，若想到裡面去，先吃洒家一杖。」

卓長卿、溫瑾突地一驚，這才想起自己還是跪在地上，不約而同地長身而起。兩人面面相對，方自對望了一眼，只聽院中已躍入幾個人來，呼叱相擊之聲，也傳入了院中。

卓長卿來不及答話，立掌一揚，「呼」地熄滅了桌上的燈火，卻將燈旁的靈位，也震得落到地上。溫瑾此刻雖然心神大亂，卻仍低聲問道：「是誰？是誰？」

此刻院中搏鬥之聲更急，多事頭陀連連厲吼，好像是遇著了強敵。厲吼聲中，一個又尖又細的聲音不住地冷笑著道：「我早就知道你這和尚不是好人，想不到你還是個臥底的奸細！」

另一個破鑼般的聲音亦自喝道：「你們兩個小子快些滾出來，哼哼——要想到這裡來撒野，真是瞎了眼睛。」

卓長卿心中一驚：「難道他們已知道我們在這裡？」又微一遲疑，只聽外面遠遠一個聲音大聲叫著道：「在這裡，在這裡。牛兄，蕭兄，快出來，這兩個小子跑下山了。」

卓長卿心中又自大奇：「是誰跑下山了？難道他們追的不是我們？那麼他們又是誰呢？」

溫瑾心中，此刻亦是驚疑不定。她知道外面的人都是自己師父請來的武林高人，也知道他們追捕的不是自己，但自己此刻這副模樣，又和這少年卓長卿在一起，亦是萬萬不能讓人見著的。她立在黑暗之中，進亦不是，退亦不是，一時之間，卻也不知該如何是好。

原來方才多事頭陀見了卓長卿與溫瑾對面相跪，悄悄退到大殿，心中卻越想越覺納悶，不知道這兩個年輕人究竟在幹什麼。

他本是生性憨直魯莽之人，又喜多事，讓他心裡存個秘密，實在是非常困難。他在這大殿裡坐也不是，站也不是，一會兒站在門口出神，一會兒在大殿中兜著圈子，直恨卓長卿、溫瑾二人不能快些出來，告訴自己這究竟是怎麼回事。

但是時間一點一點地過去，他兩人還是沒有出來。多事頭陀正自不耐，殿外突然悄無聲息地掠入兩條人影來。

他目光一閃，黑暗中看不清這兩人是誰，當下一閃身形，在神台前抄起那條沉重逾恒的方便鏟，攔住那兩人的去路，一聲大喝，又喝道：「無論誰要進去，先吃洒家一杖。」

這一聲便是遠在後面的卓長卿與溫瑾兩人，都聽得清清楚楚，掠入殿的兩人見到突然有人擋住自己的去路，又聽了這一聲大喝，亦不禁為之一驚，倏然頓住身形。

多事頭陀大喝過後，定睛一看，只見這兩人一個身軀瘦長，手裡倒提著一柄喪門長劍，一個手裡提著兩條竹節鋼鞭，卻是個駝子。

三人六隻眼睛目光一對，發現彼此竟都是熟人。原來這兩人一是昔年獨行河西的巨盜，千里明駝牛一山，一是西湖武林的大豪無影羅剎蕭鐵風。這兩人雖然一個在西，一個在南，但此刻卻都是被醜人溫如玉請來的貴賓。他們與多事頭陀雖然氣味不投，不相接近，但彼此卻都是認得的。

多事頭陀見了這兩人突然跑來，心中固是一驚，這兩人見了多事頭陀突然在此攔住去路，心中亦是一驚。

無影羅剎人較陰沉，聽了多事頭陀的這聲大喝，只冷冷一笑，道：「有人到山上撒野，我兩人追蹤來此，大師為何要攔住去路？」

多事頭陀其實也不知道溫瑾為什麼要自己攔住別人，但他既已答允於她，便是天王老子前來，他也斷斷不會放行的，當下一橫手中方便鏟，雙目一睜，大聲喝道：「這裡面沒有人，你們要找人，還是趕快到別處去吧！」

千里明駝牛一山亦是性如烈火，哪裡受得下這種腔調？「哇」的一聲大喝，雙管齊下，兩條鋼鞭沒頭沒腦地打了下去。多事頭陀哈哈一笑，忖道：「你這是要找倒楣。」

他天生神力，對敵最喜硬打硬接，一橫方便鏟，左手虎口拿著鏟頭，右手反掌拿著鏟尾，急地迎了上去。

只聽「噹」的一聲大震，多事頭陀虎口一酸，心中「怦」地一跳，心中暗自嘀咕：「這小子怎的也有如此力氣？」

左手一鬆，右手「呼」地掄起，立劈華嶽，掄了下去，亦是硬摘硬拿的剛猛招式。

那千里明駝亦本以神力稱譽江湖，此刻心中亦吃了一驚，卻見對方竟立刻還以顏色，心中亦自有氣，雙鞭一交，天王托塔，又是「噹」的一聲大震。這一下兩人都倒退了三步。多事頭陀腳步方自站穩，像是生怕被人占了先似的，右手一圈，方便鏟「嘩啦啦」打了個圈子，又是一鏟掄下。哪知千里明駝竟又不避不閃，揚鞭接了上去。

「噹噹噹」三招一過，千里明駝雖然好些，但亦被震得虎口直發疼。無影羅剎見這兩人以硬碰硬，對了三招，完全不講招式，又是好氣，又覺好笑，心中暗罵這兩人全是渾人，手腕一震，震得朵朵劍花，卻從多事頭陀身旁側身而過，想乘他力氣不繼時掠到後院去。

哪知多事頭陀人雖有些混沌，但武功卻極是精純，一身橫練，更是到了外家功夫中的絕頂之處。無影羅剎身形方自掠到後院，他又立刻跟了過來，一言不發，摟頭就是一鏟。無影羅剎可不敢跟他硬碰，身形一閃，反身一劍，劍光點點，直刺多事頭陀的雙臂肋下。

這一劍毒辣凶狠，速而且猛，多事頭陀知道遇著了扎手貨色，口中呵斥連聲，施展開少林絕藝蕩魔如意方便鏟法，鏟影如山，金鐵交鳴，和這西湖大豪鬥在一處。

無影羅剎見到這和尚如此糾纏，心中便認定自己追丟的人是在後院，這和尚亦是臥底的奸細，便尖聲大笑著喝罵起來。那千里明駝歇息半晌，自覺雙臂已可用上力了，便也掠了進來，亦自大聲喝罵。兩人以二敵一，劍光鞭影將多事頭陀層層圍住，但仍是未能取勝。

哪知這時寺外卻響起一個追敵之人的呼喝之聲，說是在下山的道路上發覺敵蹤。這兩人見這多事頭陀越打越有勁，也不願和他纏戰，便進一步唰唰兩鞭一劍，看來雖然狠辣，其實卻是虛晃一招，招式還未使全，身形便已掠向寺外。

多事頭陀呼呼空掄了幾鏟，哈哈大笑道：「兔崽子真沒有用，溜了。」

偏殿中的卓長卿只聽溫瑾輕輕歎了口氣，然後又輕輕說道：「走了。」

他心情亦自一鬆。要知道他並非畏懼於人，而是覺得自己在此時此地，和溫瑾在一起，被人見了，總是不安。

是以他此刻亦不覺鬆了口長氣，道：「走了！」

多事頭陀望著蕭、牛二人的身形消失之後，忍不住大叫一聲：「他們走了。」

亦自掠入偏殿。夜色中，方便鏟雪亮的鏟頭閃閃發光，映著他的面容，亦是得意非常。溫瑾輕輕地一歎，說道：「大師真好功夫。」

多事頭陀哈哈大笑起來，一手提著方便鏟，一手拍著胸脯，大笑說道：「姑娘，洒家功夫雖算不得高，但就憑這種傢伙，再來兩個也算不了什麼。」他又自一拍胸膛：「姑娘，你放心，有洒家在這裡，什麼人也來不了。你兩個若是還有話說，只管放心——」

哪知他話猶未了，卓長卿突然冷冷道：「只怕未必吧？」

多事頭陀大怒之下，一軒濃眉，正待喝問，但夜色之中，只見卓長卿、溫瑾四隻發亮的眼睛，卻望在自己身後，心中一懍，忍不住回頭望去。這偏殿的門檻上，竟突然多了兩條人影。

這兩人一般高矮，一般胖瘦，並肩當門而立，望著殿內的三人，似乎亦是進退不得。多事頭陀雙目一睜，卓長卿已自朗聲道：「朋友是誰？何不進來一敘。」

原來這三人中閱歷雖以卓長卿最淺，但目力之敏銳，卻遠在溫瑾與多事頭陀之上。方才說話之際，他已瞥見院中突然掠入兩條人影，神色似乎頗為倉皇，落地後便掠了過來。多事頭陀話聲未了，這二人已掠至門口，看見房中有人，似乎亦吃了一驚。

卓長卿只見這兩人年紀彷彿都在弱冠年間，神色又如此倉皇，顯見得絕非醜人溫如玉門下，心中一動，突然想起方才寺外那人遙呼的話，便斷定這兩人便是前來探山，而被溫如玉門下追捕之人，是以此刻才會讓他們進來一敘。

那兩人對望一眼，似乎也聽得出卓長卿話中並無惡意，便一齊走了進來，但亦不知說話的人是誰。要知道卓長卿多年苦練，目力大超常人，他雖然看得清這兩人的面容，這兩人卻看不清他。其中一人微一遲疑，突然伸手取出火摺子，「嚓」的一聲打亮，四道目光一轉，便一齊停留在溫瑾面上。

卓長卿目光動處，只見這兩人果然俱極年輕，容貌亦都十分俊秀。兩人並肩而立，雖然神色間有些狼狽，但微弱的火光中，卻仍都顯得英挺出群。

但卓長卿一見這兩人之面，心中卻不禁為之一跳——

原來這兩人俱都是英俊挺逸，身上卻俱都穿著一襲杏黃色長衫，驟眼望去，竟和那岑粲簡直一模一樣。

他卻不知道，這兩人也是那萬妙真君的門下弟子，也就是十年以前，和岑粲一起隨著萬妙真君同上黃山的童子。倏忽十年，這兩人亦都長大成人。萬妙真君行蹤不定，這兩人藝成後，便也和岑粲一起下山闖蕩江湖，岑粲到了江南，他們卻一個在兩河，一個在川陝。當日在蕪湖城中多臂神劍大壽之時，那江南鏢頭蘇世平口中所說，在雁蕩山下遇著的少年，便也是這兩人其中之一——鐵達人。

這師兄弟三人武功俱都得了萬妙真君真傳，自然身手俱都不弱。三人雖然行走的道路不同，但聽了天目山這件哄傳武林的大事，卻一齊到了天目山麓來。鐵達人與另一少年石平來得較遲，卻也在臨安城中見著了他師父留下的暗記，當下便一起趕到萬妙真君所約定的地方去，這時尹凡方自將岑粲救出，一見這兩人之面，便囑咐他們切切不可參與這天目山之會，卻未說出是為了什麼。

岑粲吃過苦頭，心中雖不願，倒還好些，這鐵達人、石平兩人自恃年少藝高，早已躍躍欲試，一心想著在天目山獨佔魁首，聽了尹凡的話，口中雖不敢說，但心裡卻是一百個不願意。

這兩人雖然都是膽大妄為，但師父的話，卻又不敢不聽。兩人暗中一商議，都道：「師父不准我們在會期中到天目山去，我們在會期前去難道都不行嗎？」

兩人雖然不敢違師命，但卻又抵不住名劍美人的誘惑。如此商議之下，便偷偷上了天目山。他們卻不知道，天目山上高手雲集，他兩人武功雖高，輕功雖好，但怎逃得過這些人的耳目？

他們一上山便被發覺。兩人以二敵眾，醜人溫如玉雖未現身，這兩人卻已不敵。這時正是卓長卿獨鬥胖仙瘦佛以及海南三劍的時候，是以他後來一路上山，都沒有人阻擋，原來這時正是鐵、石兩人在山上苦鬥的時候。

雙拳本就難敵四手，何況這時天目山上，俱都是武林一流高手，這兩人一見不妙，便落荒逃了下來。但他們逃得雖快，人家追得卻也不慢，再加上搜索的人多，兩人逃了一陣，竟未能逃出人家的掌心。

於是這兩人情急之下，便用了手聲東擊西、金蟬脫殼之計，自己躲在暗處，卻向遠處投石。那些江湖老手再也想不到，自己會被兩個初生的雛兒所愚，一齊追了下去。他兩人卻又折回上山，準備在這破廟裡暫避一陣，然後再思逃脫之計。

哪知破廟中亦有人在。這兩人一驚之下，卓長卿已自發覺。這兩人本就知道逃不脫，心想這裡只有三人，倒可拚上一拚，卻聽卓長卿說出那毫無敵意的話來，這兩人便一起走入。他們雖是驚魂初定，但一見了美如天仙的溫瑾，目光不禁又被她吸引住了，再也移不開去。

溫瑾目光抬處，自然便遇著這兩人眨也不眨的眼睛。她在如此心情之下，怎受得了這種呆視？突然冷哼一聲，玉掌輕揮。火折上的火光本就微弱，被她掌風一熄，立即滅了，偏殿中立刻又變得一片黝黑。

黑暗之中，各人彼此呼吸相聞，到了此刻，他們卻又不能分清敵友，心中便各自有些緊張。要知道他們心中本都有著擔心之事，此刻自然彼此畏懼。卓長卿、多事頭陀、溫瑾身邊俱無火種，這鐵達人、石平兩人，手中火折為掌風所滅，他們雖然心想再多看溫瑾兩眼，但此時此刻，卻也不願再將手中火折打亮。

哪知就在這火焰滅去、光線驟暗的剎那之間，一道強光，突然漫無聲息地從卓長卿、溫瑾身後照了過來。

眾人心中俱都一震，誰也不知道這道強光是從哪裡來的。

卓長卿眼前陡然一亮，大驚之下，橫掠三步，閃電般回頭望去。

只見那烏木神桌之上，此刻竟端坐著一個滿身紅衣、雲鬢高挽，但卻面容奇醜無比的老婦人。

她——

自然便是那紅衣娘娘溫如玉。

溫瑾目光動處，驚喚一聲：「師父。」

她柳腰一擰，唰地掠到神桌前。直到此刻為止，她還不知道她不共戴天的仇人，便是愛她如女的溫如玉。

多事頭陀對此間的一切事，全然都不知道。他此刻心中雖亦一驚，但隨即安心，怪眼一翻，退到牆邊。對這紅衣娘娘溫如玉，他雖無畏懼之心，卻也不願多看一眼。

只有那鐵達人與石平，此刻卻真的驚得愣住了。他們再也想不出這紅衣醜婦是怎麼會突然現身在這房間裡的。

兩人定了定神，目光一轉，嘴裡雖未說出，但卻已都知道，這紅衣醜婦便是他們久已聞名的魔頭溫如玉。他們雖也不願對這名聞天下的醜人多望一眼，但卻禁不住又要狠狠向溫如玉手中所持的一粒巨珠望上一眼。他們平生未曾見過如此巨大的珠子，更從未見過如此強烈的珠光。

然後，他們便想逃走。但是，溫如玉兩道比珠光還要強烈的目光，卻正眨也不眨地望在他們面上。這強烈的目光生像是一座光山，壓在他們身上，使得他們幾乎連氣都喘不過來。

醜人溫如玉端坐在神桌上，動也不動。強烈的珠光映在她陰森而醜惡的面容上，使得她突起的雙顴，看來竟像是惡蛟頭上的兩隻犄角似的，再加上她那尖聳而無肉的鷹鉤長鼻，於是她就宛然變成一尊石刻的羅剎神像。

短暫的沉默。

但此刻，這短暫的沉默在鐵達人與石平的眼中，卻生像是有如永恆般長久。他們沉默地向後移動著腳步，緩慢地、仔細地，他們全心地希望自己腳下的移動不致引起別人的注意。

但是——

醜人溫如玉突然冷叱一聲：「停住！」

這簡短而陰森的叱聲，其中竟像是含蘊著一萬種令人怯畏懾服的力量，鐵達人、石平竟全身一震，腳再也不敢移動一下。

晚風從他們身後敞開著的門戶中吹進來，吹在他們的背脊上，他們禁不住激靈靈打了個寒噤，卻聽溫如玉冷冷道：「今天晚上跑到山上來亂闖的，就是你們兩個人嗎？」

鐵達人、石平只覺身後的寒意越來越重，他們不安地轉動著目光，生像是一雙蜷伏在雄貓利爪前的老鼠。

醜人溫如玉冷笑的聲音更刺耳了，竟使得她身旁的溫瑾心裡都生出一陣悚慄的感覺。直到此刻，溫如玉竟連望都沒有望她一眼，這是多年來從未有過的事。她不知道她師父是不是也對她生了氣，也不知道是為了什麼對她生了氣。

「難道姑姑已經知道那姓岑的是我放走的？」

她不安地揣測著，卻聽溫如玉冷笑著道：「我起先還以為你們既然敢上山來亂闖，就必定有幾分膽色，哪知——嘿嘿，卻也是兩個膽小如鼠的鼠輩。」

鐵達人、石平面頰一紅，想挺起胸膛，表示一下自己的勇氣，但不知怎的，他們平時在比他們弱的敵人面前慣有的勇氣，此刻竟不知走到哪裡去了。

一個勇者與一個懦夫之間最大的差異，那便是勇者的勇氣除了在必要的時候，永遠不會在平時顯露，而懦夫的勇氣卻在最最需要勇氣的時候，反而消失了。不是嗎？

他們囁嚅著，鐵達人心中突然一動，壯著膽子，道：「晚輩鐵達人與師弟石平，此來實在是奉了家師——」

他突然想起自己的師父和這醜人溫如玉本是朋友，因之他趕緊說出了師父的名號，只當這溫如玉會賣幾分面子。

只見溫如玉目光一閃，截斷了他的話道：「你們是上山來拜謁我的，而不是來搗亂的，是嗎？」

鐵達人、石平連忙一齊點頭。

溫如玉冷冷又道：「那麼你們的師父是誰呢？」

她目光閃動著，閃動著一陣陣尖刻的嘲弄，但是鐵達人與石平卻愚笨得看不出她此刻目光中的神色，他們心中反而大喜，以為有了生機。

兩人竟搶著道：「家師便是老前輩的故友，萬妙真君尹凡。」

他們情急之下，竟連自己師父的名號都毫不避諱地直說了出來。

醜人溫如玉長長「噢」了一聲，目光在他們面上轉動著，像是要看透他們的心似的。

她緩緩說道：「原來你們是尹凡的弟子，那難怪——」

枯瘦的身形，突然有如山貓般自神桌上彈起，右手手指一彈，手中徑寸明珠，突然閃電般地脫手飛去，帶著一縷尖銳的風聲，擊向石平胸肋之間的將台大穴。

而她的身形竟幾乎比這脫手而飛的珠光還要快速地掠到鐵達人身前，右手疾伸，並指如劍，亦自點向鐵達人胸肋間的將台大穴。

方才從溫如玉較為和緩的語氣中，聽出一些轉機來的鐵達人與石平，從他們頭髮末梢一直到腳尖的每一根神經，都全然被這一個突生的變故驚得呆住了。

一瞬間，就像一滴水接觸到地面，然後再飛濺開的那一瞬間。

他們兩人只覺胸肋之間微微一麻，便「噗」的一聲，倒在地上。

卓長卿長長透了口氣，暗問自己：「若換了是我，我能不能避開她這一招突來的襲擊？」

但是他沒有去尋求這問題的解答。擊中石平後落下的明珠，落到地上，此刻滾到了卓長卿的腳邊。

卓長卿下意識地俯身拾起了它。他看到溫如玉飛揚的紅裙自他身邊飛過，他甚至有點希望溫如玉也給自己來一下突來的襲擊，那麼，他就能知道自己方才那問題的答案了。

但是溫如玉沒有這樣做。

等到卓長卿抬起頭來的時候，她已又端端正正地坐在神桌上。

卓長卿愣了一愣，望了望溫瑾——溫瑾呆呆地站在桌邊，兩眼空虛地凝注著青灰色的地面。

然後他望了望多事頭陀——多事頭陀貼牆而立，一雙豹目圓滾地睜著，望向溫如玉，目光中滿是驚奇之意。

他心中暗想：「這多事頭陀一定是初次見到溫如玉的武功。」

於是他又望向地上的那兩具軀體——鐵達人與石平都動也不動地蜷伏在地上，就像是兩具完全冷透的死屍。卓長卿暗暗歎息一聲，目光回到自己手上的明珠。

珠光很亮，他似乎能在這粒明珠裡，看到他自己的眼睛。

然後，他緩緩將這粒明珠放在溫如玉坐著的那張神桌上。他極力地不想抬起自己的眼睛，但是他不能，他終於抬起了。

於是他發覺溫如玉也在望著他。

面對他的，是他不共戴天的仇人。但奇怪的是，他此刻竟不知該怎麼好。他想起了那天自己與溫如玉所訂下的誓約，他乾咳了一聲，回轉頭去，只聽溫如玉已自冷冷地說道：「你也來了，很好。」

她語聲中，就生像是直到此刻才發覺卓長卿的存在似的。卓長卿頭也不回，也生像是根本沒有聽到她的話。

卻聽溫如玉又接道：「無根大師，武林中人雖常說少林一派是外家功夫，但是我知道這只是騙人的話，是嗎？」

多事頭陀一愣。他雖不瞭解她話中的含意，但仍直率地答道：「不錯，這些都是騙人的鬼話。少林一派自達摩祖師創立到現在──」

溫如玉微微一笑，接口道：「少林一派，名揚天下，少林派的歷史，我早已知道了。」

多事頭陀又一愣。在這名聞天下的女魔頭面前，他忽然有一種束手束腳的感覺，他只得閉起嘴巴，不再說話。

但溫如玉卻又接道：「大師你身強骨壯，一眼望去，就知道你的外家功夫已有非凡的成就。但是少林一向內外兼修，大師你外功既已如此，內家功夫想也不會差到哪些去了，是嗎？」

在此時此刻，她竟突然問起這些話來了，不但多事頭陀心裡奇怪，卓長卿、溫瑾心裡奇怪，就連那已被溫如玉點住重穴、周身不能動彈，但仍聽得見話聲的鐵達人與石平心裡也在奇怪。

只聽多事頭陀呆了一呆，道：「洒家……我自幼練武，就——」

溫如玉又自接口道：「大師你不說我也知道，你內家功夫一定不錯，對點穴一道，你大約也不會不知道了，是嗎？」

她雖然每句都在問話，但卻永遠不等別人說完，就先已替別人答了，因之多事頭陀此刻也只「嗯」了一聲，微微頷首，也不再說話。

溫如玉冷冷又道：「那麼就請大師你將左面那少年的穴道立刻解開，這點想必大師一定能做得到的了，是嗎？」

多事頭陀又愣了一愣。他實在不知道這女魔頭在弄什麼玄虛，但他終於將手中的方便鏟倚在牆上，走到鐵達人身側，一把將這軀體已軟得有如一團棉花似的少年從地上拉起，伸出蒲扇大的巨掌，「啪」，在他身上重重拍了一掌，又在他肋下腰邊揉了兩下。要知道少林派武功能以名揚天下由來已久，少林弟子的確俱是內外兼修的高手，這多事頭陀在伸手之間，果然已毫無困難地解開了鐵達人的穴道。他巨掌一推，將鐵達人推去數步，退回牆邊。對於這懦夫般的少年，他心中實在厭惡得很。

鐵達人衝出兩步，站穩身形，方自「咳」的一聲，吐出一口濃痰。他茫然地望了溫如玉一眼，又立刻垂下頭去，心裡卻在奇怪：「這醜人溫如玉方自點了我的穴道，此刻又叫人替我解開做什麼？」

而醜人溫如玉此刻的目光，就像是一個滿足的獵人，在欣賞著她的獵物似的，一分一寸地望著這垂著頭的鐵達人。

她忽然冷笑一聲，道：「你大約也會點穴和解穴的了？」

鐵達人仍然垂著頭，沒有答覆，因為她根本不需要別人的答覆，她只是冷笑著接口又道：「躺在地上的那隻老鼠可是你師弟吧？」

鐵達人憤怒地抬起頭，但頭只抬到一半，又立刻垂下。

溫如玉冷冷又道：「你現在回轉身去，把你的師弟從地上拉起來，替他解開穴道。」

鐵達人猜疑著、猶豫著，但終於轉身，像多事頭陀為他解穴時一樣地為他師弟解開了穴道，甚至比多事頭陀還快些。

溫如玉冷哼一聲，回轉頭去，再也不望這師兄弟兩人一眼。

鐵達人、石平兩人像呆子一樣地愣在那裡，進亦不是，退亦不是。他們可憐地交換著眼神，希望對方能告訴自己，這女魔頭此刻究竟是何用意。但他們彼此間的目光卻都是一樣——茫然而無助。

又是一陣難堪的沉默。

大家似乎都在等待著溫如玉開口，只有卓長卿在暗中憐憫這兩個少年，但是，溫如玉終於開口了。

她像是在自言自語：「有些人撞在我手裡，從來沒有活命，立刻便得屍橫濺血，有些運氣卻好些，他們至少還有七七四十九個時辰好料理後事，而且——哼哼，假如他們聰明些，還可以不死。」

眾人又自一愣。

卓長卿劍眉一軒，沉聲道：「你說的——」

溫如玉目光一轉，像利劍般掃了卓長卿一眼，冷冷道：「你聽過在武林中絕傳已有百餘年的七絕重手這種功夫嗎？」

卓長卿心頭一震，目光轉處，卻見那多事頭陀面色已變，鐵達人、石平兩人亦是面如死灰。

溫如玉冷冷又道：「中了七絕重手之人，當時雖可不死，而且看來毫無異狀，但七七四十九個時辰之後，立時便得狂噴鮮血而死，而且——哼哼，死時的那種痛苦，便是神仙也難忍受。」

她緩緩轉過目光道：「有些中了七絕重手的人，當時穴道雖然能被別人解開，他們也不會自覺自己是中了七絕重手，除非他們能在自己的頸後骨節，脊下第七節骨椎、兩肋、兩膝，以及——哼哼，鼠蹊穴下都摸上一摸，那麼……」

她語聲生冷而緩慢，但見她一面說著，那鐵達人與石平就都一面劇烈地顫抖著，當她說到「……除非他們能在自己的頸後……」鐵達人與石平的手掌就立刻摸到頸後，當她說到「脊下第七節骨椎……」幾乎像魔術一樣，鐵達人與石平的手掌，也立刻摸到自己脊下的第七節骨椎……

等她話說完了，鐵達人與石平的面容，已像是一塊被屠刀切下的蹄膀似的扭曲了起來。他們知道自己已被人點了七絕重手，因為這一種武林中人聞之色變的武功，雖然絕傳已久，但他們卻也聽人說過，知道凡是身中七絕重手的人，表面一無徵兆，但身上卻有七處骨節手指一摸便隱隱發痛。

他們身上的這七處地方，正如傳言中一樣，當他們摸到那地方的時候，便有一陣疼痛，疼痛雖輕微，但卻一直痛到他們的心裡。

因為他們深知中了七絕重手的人死狀之慘，也深知這七絕重手當今天下還無一人能夠解救。

珠光是柔和的，但卻有種難言的青灰色。

青灰色的珠光映往四周青灰色的牆壁上，映著那滿布灰塵的窗紙，映著那黝黑而空洞的門戶，映著那如意方便鏟雪亮陰森的鏟頭，映著那醜人溫如玉微帶獰笑的面容……

「噗」的一聲，石平忍不住跪了下去：「我……晚輩是……是……」

溫如玉輕蔑地冷笑一下：「你是聰明的，是嗎？」

石平垂下頭。他還年輕，他不願意死，他哀求。哀求雖然可恥，但在他眼中看來，卻遠比「死亡」要好得多。

卓長卿回轉頭去，他不願看到這少年這種樣子，因為他永遠不會哀求。對這怯懦的少年，他有些輕蔑，也有些憐憫。若是換了一些人，若是換了一處所在，他或許會伸手相助，但是——

現在，他只得暗中長歎，他也無能為力，何況即使他有力量，他也未必會伸手。

又是「噗」的一聲。

他不用回頭，就知道另一個少年也跪了下去。只聽溫如玉冷冷說道：「原來你也不笨，知道死不是好事。」

多事頭陀濃眉一軒，「咄」地吐了一口長氣，提起方便鏟，大步走了出去，頭也不轉。他不聰明，因為他寧願死，也不願受到這種屈辱。對這種屈辱，他甚至連看都不願看一眼。可是，世上像他這種不聰明的人若是多一些，那麼這世界便也許會光明得多。不聰明的你說是嗎？

溫如玉輕蔑地冷笑著，緩緩伸手入懷，掏出一包淡紅色的紙包來，隨手拋在地上，冷冷道：「這包裡的藥無色無味，隨便放在茶裡、酒裡、湯裡都可以，而且——假如徒弟把這藥給師父吃，那麼做師父的更不會發覺。」她冷笑一聲，接道：「你們知道我的意思嗎？」

鐵達人與石平身上的顫抖更顯明了，他們的眼睛望著這包淡紅的紙包，心頭在怦怦地跳動著。

生命，生命……

生命永遠是美好的——他們心頭的跳動更劇烈了。

選擇！

自己的生命，還是師父的生命？

……

弱者永遠是弱者，懦夫永遠是懦夫。萬妙真君應該後悔，因為他傳授給他徒弟的，是冷酷的教訓，而冷酷的教訓永遠只有一個選擇：「別人的性命，總不會比自己的生命美好！」

鐵達人、石平一齊緩緩伸出手，鐵達人搶先一步，觸到紙包，然後他手指輕微地顫抖一下，將紙包撥到石平的手指下。

溫如玉輕蔑地大笑起來：「我知道你們是聰明人。」

她大笑著：「有些人天生是聰明人。這紙包拿去，十二個時辰之內，把它送到你們師父的腹裡，不管用什麼方法，然後——你們的命就撿回來了。」

她笑聲一頓，面容突然變得異樣的生氣：「可是，現在你們快滾！快滾！」

她快迅地揮出那太寬的衣袖和太瘦的手臂：「快滾！快滾！」

她重複地叱喝著，鐵達人和石平便像是兩隻受了驚的兔子，從地上跳起來，擰身掠了出去，霎眼便消失在門外的夜色中。

溫如玉冷哼一聲，喃喃自語：「聰明人，聰明人——哼！」

突然轉身望向溫瑾：「瑾兒，你去跟著那兩個懦夫，看看他們到哪裡去了，好嗎？」

很奇怪，慣於發令的人，卻永遠喜歡故意徵求別人的意見，而卻又讓人永遠沒有選擇的餘地。

溫瑾略為遲疑了一下，而她明亮而憂鬱的眼波，在地上的白木靈位和卓長卿面上一轉，然後輕輕「嗯」了一聲，道：「是，姑姑，我……」

溫如玉陰森的面容扭曲著微笑一下：「快去，你輕功雖然比他們高，但是也要快去，別的事等會再說。」

溫瑾又自輕輕「嗯」了一聲，飛鶴般掠向門口，突然腳步一頓，像是下了個極為重大的決定，她竟回首向卓長卿道：「你不要走，等我！」

等到她語聲消失的時候，她婀娜的身形與飄揚的秀髮，也都已消失在門口沉重的夜色裡。

卓長卿呆望著她背影的消失，不知為了什麼，他不止一次想說出她仇人的名字是溫如玉，但他竟然沒有說出來。這究竟是為了什麼，他的確連自己也不知道。

他緩緩轉過目光，溫如玉挺直的腰板，此刻竟彎曲了下來。他望到她的目光，突然發現她目光中，竟有著一種難以描述的愛意，只有妻子對丈夫，母親對子女才會發出來的愛意。

他心頭一震，只覺腦海中一片混沌，而溫如玉卻已緩緩回過頭來：「你不是聰明人！」

她沉重而森冷地說著，但語氣中卻已有了一分無法掩飾的激動。

卓長卿劍眉一軒，沉聲道：「你從哪裡來的？」

溫如玉冷冷笑道：「有些人為了自己最親近的人，常會受些屈辱。我一生從未偷聽過別人的話，可是——」她又自冷笑一聲，伸手向上一指，卓長卿目光隨之望去，只見屋頂上竟多了一個洞窟。

他心念一轉，沉聲又道：「那些你全知道了？」

溫如玉沉重地點了點頭道：「我全聽見了，全知道了。」

她手掌一伸一屈，突然又從袖中伸出手來，掌中竟多了一個金光燦然的圓形小筒。

「五雲烘日透心針！」

她森冷地說道：「我一直用這對著你，只要你說出一個字——哼，五雲烘日透心針。」

卓長卿心頭一懍：「五雲烘日透心針！」

他先前不知道這女魔頭怎會學到那失傳已久的絕毒武功七絕重手，此刻更不知道她從哪裡得來這種絕毒的暗器，甚至比七絕重手還要毒上三分的五雲烘日透心針。

但是他卻仍然昂然道：「五雲烘日透心針也未見能奈我何。」

溫如玉目光一轉，突然哈哈大笑起來：「你真的不是個聰明人，你難道不知道我要殺你？」

她笑聲一斂，重複了句：「我要殺你，可是你卻還不逃走。」

卓長卿胸膛一挺，冷笑道：「只怕也未必太容易。」

溫如玉目光一蕩，道：「無論如何，我也要殺你。你就是想要逃，也來不及了。我殺了你，殺了尹凡，世上就永遠沒有一個知道此事秘密的人了，那麼，瑾兒就永遠是我的，永遠是我的……」

她緩緩垂下目光，蒼老枯瘦的面容，更蒼老了。

「瑾兒永遠是我的。直到我死，沒有一個人能搶去瑾兒，沒有任何一個人……」

她仔細地凝注著手中的金色圓筒，仔細地把弄著：「你不是聰明人。是聰明人，你早就走了！」

卓長卿突地昂首狂笑起來：「『永遠沒有人知道此事的秘密』——哈哈，你要知道，世上永遠沒有真正的秘密，除非——」

溫如玉大喝一聲：「除非我殺了你！」袍袖一拂，身形突又離案而起。

剎那之間，卓長卿只覺一片紅雲，向自己當頭壓了下來。他身形一挫，雙掌突然平胸推出，只聽「呼」的一聲，掌風激蕩，桌上的明珠又落到地上。溫如玉身形向後一翻，但瞬即掠上，厲聲笑道：「我知道你的武功，你在我手下走不了五十招，那時瑾兒還未回來——哈哈，我毋庸用這暗器殺你，我要親手殺你。永遠沒有人能洩露我的秘密，永遠沒有……」

她慘厲地狂笑著，說話之間，已發狂了似的向卓長卿攻出五招，招招毒辣，招招致命。卓長卿劍眉怒軒，卓立如山，倏忽之間，也還了五招。他自知自己此刻已臨生死存亡之際，但他卻絲毫沒有逃走之心。明亮的珍珠，隨著他們的掌風在地上滾動著，滾得滿室的光華亂閃，映得溫如玉的面容陣青陣白。但倏忽十招過去，她見自己未能占得半著先機。要知道卓長卿的武功雖因經驗與火候之故而略遜她一籌，但差得並不甚遠，何況卓長卿上次已有了和她對敵的經驗，此番動起手來，便占了幾分便宜。

但是溫如玉揮出的掌風，卻隨著她招式的變換，而變得更沉重了，沉重得使得卓長卿每一個招式的運轉，都要使出他全身的勁力。他突然開始懷疑自己是否真的有力量接下這女魔頭的數百招。

「砰」的一聲，堅實而厚重的烏木神桌，在溫如玉腳尖的一踢之下，四散崩裂，碎木紛飛。卓長卿雙足巧妙地旋動七次，突然身軀一擰，右掌自左而右，「砰」地揮出一掌，右腳輕輕一挑，挑起一段桌腳，左掌斜抄，竟將這段桌腳握在手裡。

此刻他右掌一團，五指箕張，突然一齊彈向溫如玉當頭拍下的一掌。溫如玉厲嘯一聲，身形一縮，退後一步，卓長卿右掌已自右向左一圈，接過左掌上的桌腳，手腕一震，抖手一劍刺去。

他這掌揮、腳踢、手接、指彈四種變化，竟於同一剎那中完成，快如電光火石，而抖手一刺，那段長不過三尺、笨拙的桌腳在他手中，被抖起朵朵劍光，竟無異於一柄青鋒劍。

剎那之間，他身法大變，卓立如山的身形，突然變得飛揚跳脫，木劍隨身，身隨劍走，當真是靜如泰山，動如脫兔，乍看宛如武當的九宮連環，再看卻似巴山的回舞風柳，但仔細一看，卻又和天山一脈相傳的三分劍法有些相似，一時之間，竟讓人無法分辨他劍法的來歷。

溫如玉淒厲地長聲一笑，左掌指曲如鉤、抓、撕、捋、奪，空手入白刃、大小擒拿手，從卓長卿漫天的木劍光影中，招招搶攻，只要卓長卿劍法稍有漏泄，手中長劍便會立時被奪。

她右掌卻是點、拍、剁、戳，竟將掌中那長不及一尺的五雲烘日透心針的針筒，當作內家點穴的兵刃「點穴钁」使用，金光閃閃，耀目生花，招招都不離卓長卿身上大穴的方寸左右。

這兩個本以內家真力相搏的武林高手，此刻竟各欲以精奧的招數取勝，這麼一來，卓長卿數十招過後，便又緩過一口氣來。

要知道，他功力火候雖不及這醜人溫如玉，但武功招式卻是傳自天下第一奇人，溫如玉連旋點手，眼看有幾招就要得手，哪知他木劍揮處，卻都能化險為夷。

在剎那之間，兩人已拚過了百十招。卓長卿冷笑一聲，大喝道：「五十招就要叫我喪生，哼哼，只怕——」

話聲未了，突見溫如玉五指如鉤，竟抓向他掌中木劍。他心頭一擰，知道她這一抓必有厲害出手，木劍一引，溫如玉右手金筒已疾然點向胸腹之間。

這一招兩式快如電光火石，他眼看避無可避，只得橫劍一擋，劍筒相交，卓長卿只覺手腕一震，對方金筒之上，已有一股凌厲之極的內力源源不絕地自他掌中木劍逼了過來。他除了也以內力招架，別無選擇餘地，當下大喝一聲，雙腿牢牢釘在地上，暗調真力，與溫如玉的內力相抗。

明珠滾動，此刻已滾到門邊。卓長卿牙關緊咬，瞪目如環，只覺對方逼來的內力，竟是一次大似一次，第一次進攻的力道未消，第二道內力又逼了過來，第二道攻力猶存，第三道內力又至。他縱想抽開木劍，再以招式相搏，卻又萬萬不能。

抬目望處，只見溫如玉目中寒光越來越亮。突然「桀桀」怪笑之聲又起，她竟怪笑著道：「我知道你不是聰明人——嘿嘿，你死了，就要死了，這秘密永遠沒有人再會知道，瑾兒永遠是我的了。」

她此刻已穩操勝算，是以在這等情況之下，仍能開口說話。卓長卿心頭一懍，只覺雙頰冰涼，原來額上汗珠已流了下來。

他暗中長歎一聲，正待拚盡最後餘力，作孤注一擲之鬥。

哪知——

門外夜色中突然幽靈般現出一條人影，身披素服，面容蒼白，雙目瑩然。

她幽幽地長歎了一聲，突然冷冷道：「你不用殺死他，這秘密我已聽到了。」

第十四章　柔腸寸斷

溫如玉、卓長卿心頭俱都一震，兩人倏地一齊分開，扭首望去，只見溫瑾當門而立，地上的珠兒，映著她蒼白的面容。溫如玉渾身一陣顫抖，倒退五步，倚在牆上，有如突然見到鬼魅一樣，伸出枯瘦的手指，指著溫瑾，顫聲道：「你……你怎……的回來了？」

溫瑾面目之上木無表情，緩緩一抬足，踢開門邊的明珠，緩緩走了進來，目光一轉，從地上拾起那塊白木靈牌，輕輕擁在懷裡，目光再一轉，筆直地望向溫如玉，一字一字地冷冷說道：「我爹爹是不是你殺死的？」

這冰冷的語聲，宛如一支利箭，無情地射入溫如玉的心裡。

她全身一震，枯瘦的身軀像是在逃避著什麼，緊緊退到牆角。

溫瑾目光一抬，冷冷道：「我知道爹爹是你殺死的，是不是……是不是？」

她緩慢地移動著腳步，一步一步地向溫如玉走了過去。卓長卿手一抹額上的汗珠，但掌心亦是濕濕的，已自出了一掌冷汗。

他的心亦在慌亂地跳動著。他眼看著溫瑾的身形，距離溫如玉越來越近，哪知溫如玉突然大喝了一聲：「站住！」

溫瑾腳步一停頓，溫如玉卻又長歎一聲，緩緩垂下頭，說道：「你爹爹是我殺死的……是我殺死的！」

溫瑾伸手一探柔髮，突然縱聲狂笑起來。

「我爹爹是你殺死的，我爹爹是你殺死的……我媽媽也是你殺死的了？」

她縱聲狂笑著，笑聲淒厲，只聽得卓長卿掌心發冷。他從未想到人們的笑聲之中，也會包含著這如此悲哀淒淒的意味。

只見溫瑾又自緩緩抬起腳步：「我媽媽也是你殺死的了，是不是？」

她狂笑著，冷涼而晶瑩的淚珠，像是一串斷了線的珍珠，不停地沿著她柔潤的面頰流了下來。她重複地問著：「是不是？是不是？是不是……」

她緩緩地移動著腳步，每一舉步，都像是一記千鈞鐵錘，在溫如玉心裡頭撞擊著。溫如玉枯瘦的身軀，緊緊地貼在牆上，她顫抖著伸出手指：「不要再走過來，知道嗎？不要逼我殺死你，不要逼我殺死你……」

溫瑾的笑聲更慘厲了：「殺死我……哈哈，你最好殺死我。你殺死了我爹爹，殺死了我媽媽……」

哪知——

她話聲尚未了，溫如玉竟也突然縱聲狂笑起來：「我殺了你媽媽，哈哈——我殺了你媽媽……」

突地——

卓長卿只聽轟然一聲，木石塵砂，漫天飛起。

他一驚之下，定睛望去，只聽溫如玉慘厲的笑聲，越去越遠，這女魔頭竟以至強至剛的內家真力，在牆上穿了一個大洞，脫身而去，遠遠傳來她淒厲的笑聲：「我殺了你媽媽……我殺了你媽媽……」

剎那之間，笑聲劃空而過，四下又已歸於寂靜，只有溫瑾與卓長卿的呼吸之聲，在這寂靜如死的夜色中響起一些聲音，但卻又是那麼微弱。

溫瑾還自呆呆地站在地上，瞪著失神的眼睛，茫然望著漸漸平息的砂塵。她僵立著的身軀，漸漸也起了一陣顫抖。

終於——

她再也忍不住激蕩的心情，失聲痛哭了起來。卓長卿只見她身軀搖了兩搖，然後便像是一縷柳絲般虛弱地落到地上。他心頭一跳，再也顧不得別的，縱身掠了過去，一把摟住她的纖腰，惶聲問道：「姑娘，你怎樣了……」

但是溫瑾又怎會聽得到他的聲音？她只覺心中有泰山一樣重的悲哀、北海一樣深的仇恨，要宣洩出來。

但是她此刻除了痛哭之外，她什麼也不能做。她再也想不到自她有生以來，就一直愛著她、照顧著她的姑姑，竟會是她不共戴天的仇人。她不管在別人眼中，對她的姑姑有何想法，但是那麼多年，姑姑在她看來，卻永遠是慈藹而親切的。

直到此刻——

直到此刻，所有她一生中全心倚賴著的東西，全都像飛煙一樣地消失了。

「我該怎麼辦……爹爹、媽媽，你們怎麼不讓女兒見見你們一面……」

她痛哭著低語著。爹爹、媽媽，在她腦海中只是一個模糊而虛幻的影子，她捕捉不到，而且也看不真確——

但是——溫如玉的影子，卻是那麼鮮明而深邃地留在她腦海裡，她無法擺脫，難以自遣。十餘年來的愛護與關切，此刻竟像是都變成了一條毒蛇，緊緊地咬著她的心。人類的情感，情感的人類，生命的痛苦，痛苦的生命：「啊，為什麼蒼天對我這樣殘忍……」

她哀哀地哭著，眼淚沾濕了卓長卿的胸膛。他不敢移動一下。他知道此刻蜷伏在他胸膛上的女孩子的痛苦，他也領受得到她的悲哀。他看到門外已有了一線淡淡的曙光，但是曉風很冷。他不知道黎明前為什麼總會有一段更深的黑暗和更重的寒意。

於是他讓她蜷伏在自己的懷抱裡，領嘗著這混合著悲哀、仇恨、寒冷，但卻又有一絲淡淡的溫馨的滋味。

沒有一句安慰的話，也沒有一個安慰的動作，因為他知道，這一切都是多餘的。他只是輕輕地擁偎著她，直到她哭聲微弱下來。

也不知過了多久，珠光暗淡了，曉色卻明亮了。

卓長卿感覺到他懷中的溫瑾哭聲已寂，鼻息卻漸漸沉重起來。他不知道她是否睡了，但痛哭之後的女子，卻常是容易入睡的。

於是他仍未移動一下身軀，只是稍微閉起眼睛，養了一會兒神。

清晨的大地是寂靜的。潮濕而清冷的寒風，雖然沒有吹乾樹葉上的朝霞，卻吹乾了溫瑾的眼淚。

她睜起眼，覺得有些寒冷，但又有些溫暖。她抬起頭——

她看到了他。

他感覺到她身軀的動彈，知道她醒了。他垂下頭——

於是他也看到了她。

這一瞥的感覺，是千古以來所有的詞人墨客都費盡心機想吟詠出來，卻又無法吟詠出來的。

因為世間還沒有任何一種語言和文字，能描敘出這一瞥的微妙。

那是生疏的感情的成熟，分離的感情的投合，迷亂的感情的依歸——

既像是踏破鐵鞋的搜尋者，在一瞬間突然發現了自己所要尋找的東西，又像是濃霧中迷失的航船，陡然找著了航行的方向——

她抬起頭，垂下，垂下頭，抬起，心房的跳動混合了悲夢的初醒。在這一剎那裡，她的確已忘記了世間所有的悲哀，雖只是剎那之間，但等她憶起悲哀的時候，她卻已領受過人生的至境。

她羞澀地微笑一下，不安地坐直了腰身，然後幽幽長歎一聲，張了張嘴唇，眨了眨眼睛，卻又不知該說什麼。

但是有如海潮般的悲哀與憤仇，卻又已回到她心裡。

她的眼睛又濕潤了，長長的睫毛，像是不勝負擔太多的憂鬱，而沉重地合了起來。她合著眼，整了整衣衫，站了起來，目光一轉，望向土牆的破洞，又自長歎一聲，道：「天亮了，我該走了……」

她緩緩回過頭，目光突然變得溫柔許多：「我不說你大概也會知道我要到哪裡去。我……我要去找我的仇人……仇人。你也該走了，天亮了，天亮了……」

她夢囈般重複著自己的言語，轉身走到門口，似乎要證實一下外面是不是天亮了一樣。

晨霧也散了，但晨愁卻未散。她再次回過頭，凝注了卓長卿一眼，生像是她已自知以後永遠也見不著他似的，因為她已抱定了決死的心，去復仇，或者去送死！這其間竟沒有選擇的餘地。

卓長卿緩緩站了起來。他領受得到她言語與目光中的含意，這是他平生從未領受過，甚至從未夢想過的感覺。

直到她已緩緩走出門口，他才如夢初醒，脫口呼道：「姑娘！」

溫瑾腳步一頓，回過頭，默默地凝注著他。他定了定神，道：「你可知道那溫如玉到哪裡去了？」

溫瑾緩緩搖了搖頭，幽幽歎道：「我也不知道。但是……我相信我會找得著她的，一定找得著她的。」

卓長卿搶步走到她身邊，鼓起勇氣：「那麼我們就一起去找吧！」

溫瑾微微一愣：「我們……」

卓長卿長歎一聲，目光投向蒼穹：「家父家母也是死在那溫如玉手裡的！」

溫瑾全身一震，卻聽卓長卿又道：「十餘年前，在黃山始信峰下——」

溫瑾「呀」的一聲，脫口輕呼出來：「我記得了……我記得了……黃山，那是在黃山……是你，想不到是你……」

她緩緩垂下頭，似乎在歎息著造物的微妙。若換了兩日以前，這兩人原本是仇敵，但此刻……

卓長卿又歎道：「所以，我該陪你一起去。」

他垂下頭，她抬起頭，兩人目光相對，卓長卿忍不住輕輕握住她的手。兩人心意相流，但覺自己的心胸之間，突然生出無比的勇氣。卓長卿接著歎道：「為你復仇，也為我復仇。唉——只怕那溫如玉此刻已不知走到哪裡去了。」

他語聲一頓，朗聲又道：「但我們一定找得到的，是嗎？」

默然良久，這一雙敵愾同仇的少年男女，便齊地掠出了這殘敗的寺院，掠向天目山巔。那就是溫如玉原來歇息之處。

他們雖然深深知道他們的處境是危險的，因為天目山巔上除了醜人溫如玉之外，還有著許多個武林高手，這些人原本是為了要對付一心來參與天目之會的武林群豪的，但此刻卻都可能變成他們復仇的阻礙。

但是他們心中卻已毫無畏懼之心。只要他們兩人能在一處，便是再大的危難也不放在心上。

此刻朝陽已升，彩霞將消未消，旭日映得滿山青蔥的樹葉，燦爛一片光輝，輕靈而曼妙地飛接在溫瑾身旁。

只聽溫瑾幽幽歎道：「你的仇人除了……除了她之外，還有另一個尹凡。假如……假如……唉，我們上山找不到她，我就陪你一起去找尹凡。但只怕……」

她又自一歎，終究沒有說出失望的話。卓長卿點了點頭，心中突然一動：「昨夜你怎的那麼快就回來了？難道尹凡就在此山附近嗎？」

溫瑾道：「我昨夜根本沒有跟去，因為……因為我心裡有那麼多事。我只是在半山喝住那兩個少年，讓他們自己說出尹凡落腳的地方。當時我還在奇怪，明明一問就可知道的事，姑……她為什麼還要我跟去，因為那兩個少年根本不敢說假話的。但是現在我卻知道了，她不過只是要將我支開而已。」

卓長卿目光一重：「昨夜你若沒有半途折回的話，只怕——」

溫瑾憂鬱地一笑：「所以我現在相信天網恢恢，疏而不漏那句話。」

天目山上，林木蒼鬱，兩人說話之間，身形已掠過百十丈。

溫瑾突又歎道：「這麼一來，只怕會有許多專程趕來的人要失望了。唉——這總算他們幸運，要不然——」

卓長卿劍眉一軒，突然脫口道：「有一句話，我不知該不該問你。」

溫瑾道：「你只管說好了。」

卓長卿歎道：「快刀會的那些門徒——唉，不問也罷，反正事過境遷——」

他生怕溫瑾說出令他傷心的話來，因之他想來想去，縱想問出，但話到口邊卻又不忍說出口來了。

哪知溫瑾卻正色說道：「你不用擔心了，那些人真的不是我動手殺的，而且也不是我那些婢子們殺的。」

卓長卿不禁鬆了口長氣。他真不敢想假如溫瑾說：「是我殺的。」那麼他該怎麼辦。

他微笑一下，忍不住又道：「奇怪的是，那些人不知究竟是誰殺的？」

溫瑾輕歎一聲，道：「這個人你永遠也不會猜出來。」

卓長卿變色道：「是誰！」

溫瑾歎道：「我告訴你，你也不會相信，反正你以後總會知道的。」

卓長卿腳下不停，心念數轉，卻仍忍不住問道：「難道是萬妙真君尹凡？」

溫瑾搖了搖頭。卓長卿又道：「是他的幾個徒弟？」

溫瑾又搖了搖頭。

卓長卿奇道：「這我倒真的猜不出了。只是奇怪的是，江湖中不知誰有那麼霸道的暗器。除了這些人之外，我實在想不出還有誰了。」

溫瑾輕輕一笑道：「那些暗器叫作無影神針，倒的確是我發出來的。」

卓長卿心頭一震，倏然頓住身形，面容亦自大變，顫聲道：「是你！你……」

溫瑾又自輕笑一下：「不過我發出這些暗器，非但不是傷人，而且還是救人的。」

卓長卿竟不禁為之一愣，大奇道：「救人的？此話怎講？」

溫瑾道：「這話說來很長，我慢慢再告訴你。總之你要相信，現在我……我再也不會騙你的。」面頰微微一紅，伸出玉掌，遙指前方，道：「你看到沒有？前面那綠葉牌坊，那就是本來準備開天目之會的地方了。」

卓長卿愣了半晌，心中反覆想道：「現在再也不會騙你了……」

這句話，不覺疑念頓消，抬頭望去，只見前面山陰道上，林木漸疏，山勢頓險。一條石樑小道，筆直通向山去，石樑山道上卻赫然矗立著一個高約五丈、寬約三丈，雖是樹枝搭成，但氣勢卻極巍然的綠葉牌樓。

牌樓兩邊，掛著兩條血紅的長聯，上面寫著斗大的十二個擘窠大字：「仰望蒼穹無窮，俯視武林群豪！」

對聯並不工整，但口氣之大，卻是少見。卓長卿冷笑一聲，道：「這想必是那溫如玉寫的。」

溫瑾搖了搖頭，突笑道：「寫巨幅對聯的是誰，只怕你也萬萬猜不到。」

卓長卿不覺又自大奇：「是誰？」

溫瑾道：「寫這副對聯的，就是在武林中人緣極好的那個神偷喬遷。」

卓長卿心頭一震：「難道就是拿著三幅畫卷，到處揚言的巨富神偷喬遷？這倒真是令人無法意料。他怎麼會與溫如玉有著干係？」

溫瑾淡淡一笑：「知人知面不知心，世人的善惡，真叫人猜不透。武林中誰都說這喬遷是個好人，其實——哼，這人我知道得最清楚。」

原來當時醜人溫如玉立下決心，要將武林群豪都誘到天目山來。她想來想去，什麼都不缺少，就只少了一個傳訊之人。

要知道此種情事，若要在江湖傳揚起來，溫如玉必是不能親自出面，因為那麼一來，別人一定會生出疑懼之心。而這傳訊之人，不但要口才便捷，而且要在武林中本有極好人緣，使得武林中不會疑心她別有用心。

她想了許久，便著人下山，到武林中尋了三個符合此種條件之人，其一便是喬遷。另兩人其中之一生性剛強，本極不滿溫如玉的為人，上得山來，不到一日，就被溫如玉給制死，臨死之際，他還罵不絕口。

另一人也不願做此等害人之事，口裡雖然答應，但夜間卻想乘隙溜走，自然也被溫如玉殺了滅口。而那喬遷不但一口答應，且還替溫如玉出了許多主意，於是他臨走之際，不但帶了那三幅畫卷，而且還帶走溫如玉的一袋珠寶。

溫瑾將這些事對卓長卿說了，只聽得卓長卿劍眉怒軒，切齒大罵。他生性忠直，自然想不到世上還有此等卑鄙無恥之徒。

但溫瑾卻淡淡笑道：「這種人我見得多了。有些人武林中頗有俠名，其實——哼哼，等會你到了裡面，你就會發現許多你根本不會想到的事。」

卓長卿長歎一聲，隨著她掠入那綠葉牌樓。前行十數丈，山路忽然分成兩條岔道，一條道口立著一塊白楊木牌，上面寫著：「易道易行，請君行此。」另一條道口，也立著一塊白楊木牌，上面寫著的卻是：「若行此道，難如登天。」

卓長卿心中一動，方自忖道：「這想必是那溫如玉用來考較別人輕功的花樣。」

卻見溫瑾腳下不停，身形如燕，已自當先向那難道中掠了過去。

他心中不禁暗笑：「她真是生性倔強得很，此時此刻，她在我面前竟還不肯示弱，偏要走這條難走的路。唉——其實她留些氣力，用來對付仇人豈非要好得多。」

但此刻溫瑾已掠出數丈，正自回頭向他招手，他心念動處，卻也隨後掠了過去。

其實他自己生性亦是倔強無比，若換了自己選擇，也必會選擇這條道路無疑。倏然幾個起落，他身形也已掠出十數丈。只見這條道上山石嵯峨，道路狹窄，果真是難行無比。但是他那輕功極佳極妙，此路雖然難行，卻根本沒有放在他心上。

他心中方才暗哂：「這種道路若也算難如登天的話，那麼世上難如登天的道路也未免太多了。」

哪知他心念尚未轉完，前面的道路竟然更加平坦起來，便是輕功毫無根基的普通壯漢，只怕也能走過。

他心中不禁又為之疑惑起來，忍不住問道：「這條道路也算難行的話，那麼那邊那條『易道』之上，豈非路上鋪的都是棉花？」

溫瑾一笑道：「你又猜錯了。」

卓長卿一愕，心念動處，突然恍然道：「原來這又是那溫如玉故弄玄虛，是不是？易道難行，難道易行，這麼一來，武林中人十中有九都難免要上她的惡當。」

要知道他本乃聰明絕頂之人，他立刻便能毫無困難地猜到事實真相。

溫瑾果然頷首道：「這次你倒是猜對了。那條易道，表面看來雖然平平無奇，極為好行，其實其中卻是步步危機，滿是陷阱，莫說輕功平常的人，就算是輕功較高的武林高手，若不留意，也難免中伏。其中尤以那百步留沙、十丈毒河兩個地方，你只要真氣稍有不繼，立時便是滅頂亡魂之禍。」

她語聲一頓，又道：「到此間來的武林豪士，多半為了要奪寶藏，若非真正藝高膽大的人，誰也不願多費力氣，自然都要走那條易道，於是他們不但上當，而且還得送命。至於那些敢走難道的人，武功定必甚高，一些普通陷阱未必能難得倒他們，所以這條難道上反而什麼陷阱也沒有。」

卓長卿暗歎一聲，忖道：「這溫如玉用心當真是惡毒無比。若非我先來一趟，探出此間真相，那真不知有多少武林豪士會葬身此地。」

心念一轉，又忖道：「『近朱者赤，近墨者黑。』溫瑾自幼及長，都受著這種魔頭的薰陶，行事自然也難免會有些古怪，甚至會有些冷酷。唉——但願她以後和我一起，會——」

一念至此，他心中不禁微微一熱，不禁又自暗笑自己，未免將事情想得太遠了些。

抬頭望處，只見前面又到了道路盡頭，盡頭處又有一座綠葉牌樓，沒有對聯，卻有一方橫匾，上面亦寫著三個擘窠大字：第一關。

溫瑾卻已悄然立在牌樓之下，帶著一絲微含憂鬱的笑容望著他。

他面頰一紅，掠了過去，口中道：「你倒先到了。」

溫瑾含笑道：「我見你心裡好像突然想起什麼心思似的，卻不知你在想著什麼？」

她秋波一轉，突然見到卓長卿眼中的眼色，面頰亦不禁一紅，含笑默默地垂下頭去。

這一雙少年男女心中本來雖都是情致鬱悶哀痛，但這半日之間，彼此卻又都給了對方無比的慰藉，是以這兩人此刻面上才都有一些淡淡笑容。但縱然如此，他們的笑容卻也仍非開朗的。

只聽溫瑾徐緩道：「這裡面一共分成三關，第一關裡面有三座擂台，第二關裡面是羅漢香、梅花樁一類的功夫，第三關卻正是金刀換掌、五芒神珠、隔山打牛之類內家功夫的考較之地了。過了這三關，才是我——」

她語聲頓處又自面頰一紅，輕聲道：「只是這些東西，現在我都不管了。」

卓長卿歎道：「光只這些東西，想必就不知花費了多少人力物力。這溫如玉當真是生性奇異已極，她設下這些東西，竟只是為了害人而已。唉——我聽那尹凡曾說起這裡每一處都內伏惡毒陷阱，主擂的人也都是些惡毒的魔頭，此刻那些人卻又在哪裡？」

溫瑾道：「請來主播的人，有的還未來，有的此刻只怕還在裡面睡覺——」

她語聲未了，綠葉牌樓突然傳出一聲嬌呼：「小姐在這裡！」卓長卿、溫瑾驀地一驚，回首望去，只見這牌樓邊，一座依山搭建的凌空竹閣之內，倏然掠下三條人影，正是那些穿著一身輕紅羅衫的垂髻少女，驚鴻般掠向溫瑾。六道秋波轉處，突然望見了卓長卿，面容一變，身形驟頓，像是突然被釘牢在地上似的，驚得說不出話來。

她們再也想不到，自己的小姐會和這烏衫少年如此親昵地站在一處。卓長卿目光望處，只見這三個少女正是昨夜往臨安城中送帖之人，當下劍眉一軒，方待發話，溫瑾卻已冷冷問道：「什麼事？」

這三個紅衫少女目光相對，囁嚅半晌，其中有一個年齡較長的方自期艾著道：「那位少林派的大和尚，不知為什麼事，得罪了千里明駝和無影羅剎那班人，他們今天早上天方黎明，就逼著那大和尚和他們動手——」

溫瑾柳眉輕皺：「現在怎樣了？」

這少女接道：「婢子們出來看的時候，大和尚正和那無影羅剎在第二陣羅漢香上動手。那大和尚身材雖然又胖又大，但輕功卻不錯，兩人打了一會兒，眼看著大和尚就要得勝，哪知那千里明駝卻突然喝住了他們，說是不分勝負，不要再打了，卻換了另一個叫鐵劍純陽的，就是那穿著一身八卦衣的道士，在梅花樁上和他交起手來。」

溫瑾冷哼一聲，道：「車輪戰！」

卓長卿冷笑道：「真是無恥。」

卻聽那少女又道：「我們本來還以為他們是在鬧著玩的，哪知後來見他們竟越打越凶，真像是要拚命的樣子，心裡又怕，又做不得主，就跑裡去稟報。哪知祖姑姑不在，小姐也不在，我們這下才真的慌了手腳，不知道該怎麼辦才好。」

卓長卿、溫瑾對望了一眼，心中各自忖道：「溫如玉不在，到哪裡去了？」

溫瑾面容大變，冷冷道：「說下去！」

那少女見到溫瑾面上的神色，像是十分害怕。她們從來也沒有見過自己的小姐有如此神色，目光一垂，方自接道：「我們從裡面跑出來的時候，他們已換到第三關裡動手了，一個叫作什麼五丁神將的大個子，正和那大和尚在金刀換掌陣裡動著手。那大和尚已經累得氣喘吁吁，滿頭大汗，但拳腳打出來，仍然氣勢虎虎，威風八面。只是那五丁神將武功也不弱，一時之間，也沒有勝負。」

卓長卿暗歎一聲，忖道：「看來少林一派稱雄武林，確非偶然。這多事頭陀不過是個第二代弟子，武功卻已如此，就只論這氣力之長，就絕非常人能及了。」

他卻不知道多事頭陀一身童子功十三太保橫練，數十年未曾間斷一日，氣力之長，正是他的看家本領。

這念頭在他心中一閃而過，卻聽那紅裳少女接道：「我們都知道這第三陣裡面的武功，都是凶險無比，一個不好，就算武功再好的人，也得血濺當地。那些人不是祖姑姑請來，就是小姐請來的，誰受了傷都不好，但又沒有辦法阻止他們。想來想去，婢子們只得分頭出來找，想不到卻在這裡遇著小姐。」

目光微抬，偷偷瞟了卓長卿一眼，目光中仍滿含驚詫之意。

溫瑾心念一轉，沉聲道：「姑姑的確不在綠竹軒裡嗎？」

那少女連忙頷首道：「沒有，婢子們……」

溫瑾冷冷道：「你們可看清楚了？」

那少女道：「婢子們不但看清楚了，而且還在別的地方找了一圈，卻也沒有找到。」

溫瑾「嗯」了一聲，又道：「那無根大師此刻還在動手嗎？」

那少女連忙道：「婢子們離開才不過一會兒，婢子們離開的時候，他們打得正厲害哩。」

目光輕抬，又忍不住偷偷瞟了卓長卿一眼。

卓長卿但覺面頰微微一紅，卻聽溫瑾輕輕一歎，說道：「無根大師既然在裡面動手，我們自然要去看看他的，是嗎？」

卓長卿連忙頷首道：「正是。」

心中卻又不禁暗自感歎：「這十數年來，溫瑾和溫如玉朝夕相處，不說別的，就連說話都和溫如玉有些相似，最後總喜歡加個『是嗎』。唉——她在如此環境之中生長，性情縱然有些古怪，又怎能怪得了她。」

這第一道綠葉牌樓之後，除了那依山凌空而建的竹閣之外，道邊還有幾處竹棚，棚內桌椅井然，看來想必是為了任人歇腳之用。

然後一道碎石山道，蜿蜒而上。他們身形數展，只見前面是一處山坳，方圓碩大，山坳中搭著三處白楊擂台，亦都是依山而建。擂台寬約五丈，深約三四丈，懸紅結彩，宛如鄉間酬神唱戲時所搭的戲台一樣。

卓長卿目光轉處，忍不住微微一笑道：「這些擂台兩邊，也該掛副對聯才是。」

溫瑾斜斜瞟他一眼，道：「什麼對聯？」

卓長卿笑道：「我幼時看那些坊間說部，擂台旁邊總掛著一副對聯：『拳打南山猛虎，腳踢北海蛟龍』，還有什麼：『江湖好漢第一，武林豪傑無雙』。這三座擂台沒有對聯，豈非有些不像。」

溫瑾輕輕一笑，那三個紅裳少女也忍不住噗哧一笑，笑出聲來。

卻見卓長卿笑容一斂，突然長歎了一聲，緩緩說道：「由此可見，現實生活與書中故事，是有著一段距離的。故事雖多美麗，但現實生活中卻盡多悲哀之事，你說是嗎？」

溫瑾緩緩頷首，一時之間，這少年男女兩人意興像是又突然變得蕭索起來。

第十五章　亂石浮沙

轉過這處山坳，又是一條迤邐山道。前行十數丈，前面突然一片茂林阻路，茂林上又是一道綠葉牌樓，上寫：第二關。

溫瑾身如驚鴻，當先入林。卓長卿目光轉處，忽然看到樹林中，竟有數處依樹而搭的木棚，製作得極見精巧。一入林中，宛如又回到有巢氏巢居之日。卓長卿心中方自暗歎，卻又見這些木棚的門戶上，各有著一方橫匾，上面竟寫的是「療傷處」三個隸字。

卓長卿不禁冷笑一聲，道：「她倒想得周到得很。」

那三個少女跟在他身後，又自對望一眼，不知道其中究竟有什麼秘密。

茂林深處，突有一片平地，顯見是由人工開闢而成。砍倒的樹幹，已被剝去樹皮，橫放在四周，像是一條供人歇腳的長椅。

四面長椅圍繞中的一塊平地上，卻又用巨木格成四格。

第一格內亂石成堆，乍看像是凌亂得很，其中卻又井然有序，巨木上插著一方木牌，寫的是：亂石陣。

第二格內卻是一堆堆浮沙，亦是看來凌亂，暗合奇門。卓長卿毋庸看那木牌，便知道這便是五台絕技——浮沙陣。

第三格內，卻極為整齊地排列著九九八十一株短木樁，這自然便是少林南宗的絕頂武功之一梅花樁了。

第四格內卻排列著一束束的羅漢香，只是其中卻折斷了幾束。卓長卿冷笑一聲，忖道：「無根大師方才想必就是在這羅漢香陣上與人動手的了。」

剎那之間，他目光在這四格方地上一轉時，心中亦不禁暗驚：「難怪那溫如玉要在林外建下療傷之地，這卻又並非全為了示威而已。武林中人要到這四陣上動手，能不受傷的，只怕真的不多。」

他心念動處，腳下不停，腳尖在第二格第三堆浮沙上輕輕一點，身形突然掠起三丈，有如巨鶴沖天而起，突又飄飄而下，輕靈地轉折一下，身形便已落在那羅漢香陣的最後一束香上，腿不屈，肩不動，身形突又掠起，漫無聲息地掠入林中。

跟在他身後的三個紅裳少女，忍不住暗中驚歎一聲，癡癡地望著他的背影，呆了半晌，方自偷笑一下，隨後掠去。

穿林而過，前行又十丈，前面突見危坡聳立，其勢陡斜。

卓長卿與溫瑾並肩掠了過去，只見一路怪石嶙峋，心中方自暗驚山勢之險，哪知目光動處，卻不禁「呀」的一聲，驚喚出聲來。

溫瑾輕歎一聲，側顧道：「這也是那神偷喬遷的主意。」

原來這一路長坡之上，兩旁竟排列著一排白楊棺木。

一眼望去，只見這些棺材一口口連著排了上去，竟看不清究竟有多少口。

山行漸高，山風漸寒，稀淡的陽光，映在這一排棺材上，讓人見了，心中忍不住要生出一股寒意。

卓長卿劍眉軒處，「哼」了一聲，無言地掠了上去，心中卻滿懷憤仇。此刻那喬遷若是突然出現，便立時得傷在他的掌下。

坡長竟有里許，一路上山風凜凜，景象更是觸目驚心。

直到這長坡盡頭，便又見一處綠葉牌樓，上面寫著的自是「第三關」三字。

牌樓內卻是一片宛如五丁神斧一片削成的山地，山地上搭著四道看台，看台後是什麼樣子，卓長卿雖無法看到，但卻有一陣陣叱喝之聲，從那邊隱隱傳來，當下他腳步加緊，身形更快，倏然一個起落，躍上了那高約三丈的竹木看台。

只見——

這四道看台之中的一片細砂地上，竟遍插著數百柄刀口向上的解腕尖刀，刀鋒閃閃，映目生光。

這一片尖刀之上，左右兩邊，還搭著兩架鋼架。

鋼架上鋼支排列，下懸鐵鍊，一面鐵鍊上懸掛的是數十口奇形短刀，山風雖大，這些尖刀卻紋絲不動，顯見得分量極重。

另一處鋼架上，卻懸掛著數十粒直徑幾乎有一尺，上面滿布芒刺的五芒鋼珠。

此刻這五芒神珠陣，鐵鍊叮噹，鋼珠飛動，其中竟還夾雜著兩條兔起鶻落的淡灰人影。

山頂陽光雖然較稀，但照映在這一片刀山上，再加上那飛動著的鋼珠鐵鍊，讓人見了，只覺光華閃動，不可方物。

再加上那攝人心魂的鐵鍊鋼珠的叮噹之聲，兩條人影的呵叱之聲。

卓長卿一眼望去，心中亦不禁為之一懍。

他目光再一轉，卻見對面一座看台上，竟還雜亂地坐著十數個武林豪士，這其中有的是白髮皓然，有的是滿面虬鬚，有的是長袍高髻的道人，有的是一身勁裝的豪雄，形狀雖各異，但卻都是神態奕奕，氣勢威猛，顯見得都是武林高手。

卓長卿目光動處，只見這些人數十道目光，雖都是有如利箭般望向他，但卻仍端坐如故，沒有一個人發出驚慌之態來。

此刻卓長卿已掠上看台。這些人見了這突然現身的少年，心中雖然奇怪，但見他既與溫瑾一路，想來亦算自己人，是以都未出聲。而昨天與他曾經見面交手的「牌劍鞭刀」與「海南三劍」，此刻早已自覺無顏，暗中走了。

溫瑾目光一轉，柳眉輕顰，身形動處，唰地掠了下去。

她身形飄飄落下，竟落在一處刀尖上，單足輕點，一足微屈，身形卻紋絲不動。陽光閃閃，映著她一身素服，滿頭長髮；山風凜凜，吹動著她寬大的衣衫。

卓長卿忍不住暗中喝彩。只見對面的那些武林豪傑英雄，此刻已都長身而起，一齊拱手道：「姑娘倒早得很。」

要知道溫瑾年紀雖然甚輕，但卻是醜人溫如玉的唯一弟子，在武林中地位卻不低，是以這些成名已久的武林人物，對她亦極為恭敬。

她微笑一下，輕輕道：「早。」

目光一轉，卻轉向那五芒神珠陣，只見陣中的人影縱橫交錯，卻正是那多事頭陀無根大師與千里明駝。

她又自冷冷一笑，道：「無根大師怎麼與別人動起手來了——」

她話聲未了，看台上卻已掠出一條瘦長人影，輕輕落到刀山之上，輕功亦自不弱。溫瑾秋波一轉，冷冷道：「蕭大俠，你知道這是為了什麼嗎？」

無影羅剎哈哈乾笑數聲，道：「這只是我們久仰少林絕技，是以才向無根大師討教一下而已，別的沒有什麼。」

溫瑾長長「哼」了一聲，道：「原來是這樣。」

突然冷笑一下：「但是這金刀換掌，和五芒神珠陣，可不是自己人考較武功的地方呀。」

無影羅刹蕭鐵風微微一愕，卻仍自滿面強笑地說道：「只要大家手下留心些，也沒有什麼。」

話聲未了，只聽「噹」的一聲巨響，原來多事頭陀見了溫瑾來了，精神突振，奮起一掌，蕩起一顆五芒神珠，向牛一山擊去。那牛一山本是個駝子，此刻身形一矮，便已避過，反手一揮，亦自揮去一顆五芒神珠。

多事頭陀大喝一聲，帶起另一顆五芒神珠，直擊過去，兩珠相擊，便發出「噹」的一聲巨響，但衣袖之間，卻已被另一顆神珠劃了道口子。

要知道他身軀要比牛一山高大一倍，在這種地方交手，無形中吃了大虧，何況他方才連接三陣，此刻氣力已自不繼。

他衣袖劃破，心頭一懍，腳下微晃，那千里明駝牛一山一著占了先機，哪肯輕易放過？暗中冷笑一聲，身形一緩，倒退三尺，腳下早已忖好地勢，輕輕落在第三柄尖刀上，雙掌齊的當胸推出，推起四顆五芒鋼珠，直擊多事頭陀。

這四顆鋼珠雖是同時襲擊來，方向卻不一。在刹那之間，多事頭陀只覺耳邊叮噹巨響，眼中光華閃耀。他腳下已自不穩，氣力也已不繼，哪裡擋得住這牛一山全力一擊之下所擊出的四顆重逾十斤的五芒神珠？

他不禁暗歎一聲，只道自己今日恐要葬身在這五芒神珠陣中。

哪知——

只聽一聲清嘯，劃空而來，接著一陣叮噹交擊之聲，不絕於耳，然後便是那千里明駝牛一山的一聲慘呼。

多事頭陀只覺手腕一緊，身不由主地退了出去，一退竟一丈遠。他定了定神，方自睜開眼來，只見穹蒼如洗，陽光耀目，五芒神珠雖仍在飛舞不已，他自己卻已遠遠站在刀山旁的砂地上。

要知道卓長卿揚威天目山，技懾群雄，萬妙真君一生借刀殺人，到頭來卻自食其果，溫如玉揮手笑弄鐵達人、石平，含笑而逝，溫瑾生死一念，幾乎喪生在五雲烘日透心針下……

多事頭陀在這剎那之間，由生險死，由死還生，此刻心中但覺狂泉百湧，漸靜漸弱漸消。他呆呆地愣了半晌，方自定一定神，凝目望去，只見穹蒼如洗，陽光耀目，五芒神珠在飛舞不已，飛舞著的五芒神珠下，卻倒臥著一條人影，不問可知，自是那立心害人，反害了自己的千里明駝牛一山了。

原來方才多事頭陀久戰力疲，在牛一山全力一擊所擊出的五芒神珠之下，已是生死懸於一線。就在這間不容髮的剎那之間，卓長卿清嘯一聲，身形倏然掠過，有如經天長虹一般，掠入五芒神珠陣中，一手抓住多事頭陀的手腕，正待將之救出險境。

哪知千里明駝殺機已起，眼看多事頭陀已將喪命，此刻哪裡容得他逃生？雙掌一錯，身形微閃，竟然追撲了過去。

卓長卿身形已轉，此刻劍眉微皺，反手一掌，龍尾揮風。

千里明駝牛一山只見這玄衫少年隨意一掌揮來，他不禁暗中冷笑一聲：「你這是自尋死路。」

腰身一塌，雙掌當胸，平推而出。千里明駝一生以力見長，一雙鐵掌上，的確有著足以開山裂石的真功夫，只道這玄衫少年，與自己這雙掌一接，怕不立使之腕折掌斷。

哪知他招式尚未遞滿，便覺一股強風，當胸擊來，宛如實質。

他這才知道不好，但此時此刻，哪裡還有他後悔的餘地？

他雙掌方自遞出，腳下已是立足不穩。此刻若是在平地，他也許還能抽招應敵，逃得性命，但此刻他腳下一晃，方自倒退半步，身後已有三粒五芒神珠，蕩著勁風，向他襲來。風聲強勁，他雖已覺察，但卻再也無法閃避。

「砰砰砰」三聲，這三粒五芒神珠，竟一起重重地擊在他的身上。

他但覺全身一震，心頭一涼，喉頭一甜——張口「哇」地噴出一口鮮血，狂吼一聲，撲在地上。他縱有一身橫練，但在這專破金鐘罩、鐵布衫的五芒神珠的重擊下，又焉會再有活路？

卓長卿這長嘯、縱身、救人、揮掌，當真是快如閃電，多事頭陀回目一望，只見卓長卿微微一笑，道：「大師，沒有事吧？」

多事頭陀想起自己以前對這位少年的神情舉止，不覺面頰為之一紅。但是他正是胸懷磊落的漢子，此刻心中雖覺有些訕訕的不好意思，但卻仍一揖到地，大聲道：「兄弟，和尚今天服了你了。」

卓長卿含笑道：「大師言重了。」

轉目望去，只見對面台上的數十道目光，此刻正都厲電般的望著自己。那無影羅剎蕭鐵風，卻已掠至五芒神珠陣邊，將千里明駝牛一山的屍身，抱了出來。這蕭鐵風有無影之稱，輕功果自不弱，手裡抱著那麼沉重的軀體，在這映目生光的尖刀之上，瘦長的身形，卻仍行動輕靈，嗖地兩個起落，掠出尖刀之陣，落到旁邊的空地上，俯首一望，低歎道：「果然死了。」

卓長卿劍眉微皺，心中突然覺得大為歉然。要知道他自出江湖以來，與人動手，雖有多次，傷人性命，卻從未之有的，此刻但覺難受異常，蜂腰微扭，一掠四丈，竟掠至無影羅剎蕭鐵風身側，沉聲道：「也許有救，亦未可知。」正待俯下身去查看牛一山的傷勢。

哪知蕭鐵風倏然轉過頭來，一眼望見了他，便立刻厲喝道：「滾！滾開！」

卓長卿怔了一怔，道：「在下乃是一番好意，閣下何必如此！」

無影羅剎蕭鐵風冷笑一聲，說道：「好意——哼哼，我從前聽到貓抓死了老鼠，又去假哭，還不相信世上有此等情事，今日一見——哼哼，真教我好笑得很。我蕭鐵風又非三歲孩童，你這假慈悲騙得了誰！」

卓長卿又怔了一怔，心念數轉，卻只覺無言可對。他自覺自己的一番好意，此刻竟被人如此看待，心中雖有些忿氣，但轉念一想，人家說的，卻又是句句實言。若說一人將另一人殺死之後，再去好意查看那人的傷勢，別人自然萬萬不會相信。

他呆呆地怔了半晌，只見那千里明駝仰臥在地上，前胸一片鮮血，嘴角更是血跡淋漓，雙眼凸出，面目猙獰。

他不覺長歎一聲，閉上眼睛，緩緩道：「在下實在是一番好意，閣下如不相信……」

話猶未了，溫瑾一掠而至，截口說道：「他不相信就算了。」

卓長卿睜開眼來，歎道：「我與此人，無冤無仇，此刻我無意傷了他的性命，心中實在不安……」

溫瑾冷冷道：「若是他傷了無根大師的性命呢？你是為了救人，又有誰會怪你？難道你應該袖手看著無根大師被他殺死麼？」

卓長卿俯首沉思半晌，突又長歎一聲，方待答話，卻見無影羅剎蕭鐵風突然長身而起，目射凶光，厲聲道：「我不管你是真意假意，惡意好意，這牛一山總是被你給殺死的。此後牛一山的後代、子女、親戚、朋友，會一個接著一個地找你復仇，直到眼看著你也像牛一山一樣地死去為止。」

卓長卿心中但覺悚然而顫，滿頭大汗，涔涔而落，忖道：「復仇，復仇……呀，這牛一山的子女要來尋我復仇，還不是正如我要尋人復仇一樣？冤冤相報，代代尋仇，何時才了……」

只聽溫瑾突然冷笑一聲，道：「你既也是牛一山的朋友，想來也要代牛一山復仇了？」

蕭鐵風目光一轉，緩緩道：「為友報仇，自是天經地義之事……」

溫瑾冷笑截口道：「那麼你若有此力量，你一定會代友報仇，將殺死你朋友的人殺死的了？」

蕭鐵風不禁為之一怔，道：「這個自然！」

溫瑾接口道：「此人雖然殺死了你的朋友，但卻與你無冤無仇，你為何要將人家殺死？這豈非是無理之極。」

蕭鐵風道：「這豈是無理？我代友復仇，這有理極了。」

溫瑾冷笑接口道：「對了，你要代友復仇，所以能將一個與你素無冤仇的人殺死，而且自稱極有道理，那麼牛一山若是殺死了我們的朋友，我們再將他殺死，豈非是極有道理之事？」

蕭鐵風又為之一愣。溫瑾道：「如此說來，牛一山立心要殺死我們的朋友，我們是以先將他殺死，而救出我們的朋友，難道就不是極有道理的事麼？」

她翻來覆去，只說得蕭鐵風兩眼發直，啞口無言。溫瑾冷冷一笑，揮手道：「好好地將你朋友的屍身帶走吧，還站在這裡幹什麼！」

蕭鐵風呆了半晌，俯身橫抱起牛一山的屍身，縱身一掠，接連三兩個起落，便自消失無影。

卓長卿望著他的背影，劍眉卻仍皺在一處，似乎若有所思。

卻聽看台之上，突然響起一陣清宛的掌聲，一個尖細的聲音說道：「姑娘好厲害的口才，竟將一個羅剎說得抱頭鼠竄而走，哈哈——當真是舌劍唇槍，銳如利刃，教我實在佩服得很。」

話聲方落，卓長卿但覺眼前一花，面前已多了一條人影。

他暗中一驚，此人輕功，可算高手，定睛望去，只覺此人雖然滿頭白髮，頷下的鬍子，卻刮得乾乾淨淨，身上穿的，更是五顏六色，十色繽彩，竟比婦女之輩穿的還要花哨。

卓長卿一眼望去，幾乎忍不住要笑出聲來。溫瑾見了此人，神色卻似乎愣了一愣。只見此人袍袖一拂，含笑又說道：「老夫來得真湊巧，雖未見著姑娘的身手，卻已見到姑娘的口舌，當真是眼福不淺得很。」

這老者不但裝束怪異，說起話來，竟亦尖細有如女子。溫瑾心中既驚且恨，她從未見過此人，竟不知此人是哪裡來的、幾時來的，不禁轉眼一望，望了那三個方自跟來的紅裳少女一眼，只見她們亦是滿面茫然之色，忍不住問道：「恕我眼拙，老前輩……」

她話猶未了，這老人已放聲笑道：「姑娘心裡大約在奇怪，老夫是哪裡來的。哈哈——老夫今晨偷偷摸摸地上山，一直到了這裡，為的就是要大家吃上一驚。」

溫瑾冷笑暗忖道：「若非昨夜發生了那些事，你想上山，豈有如此容易！」

看台之上，十人之中，倒有五人認得此人。此刻這些江湖梟雄，都仍端坐未動。他們當然不知道溫瑾與醜人之間的糾紛，是以方才眼看千里明駝被殺之事，此刻仍自安然端坐，像是又等著來看熱鬧一樣的。

只見這彩服老人哈哈一笑，又道：「姑娘雖不認得老夫，老夫卻認得姑娘的。老夫已久仰姑娘的美豔，更久仰姑娘的辣手，是以忍不住要到這天目山來走上一遭——」

溫瑾突然瞪目道：「你是花郎畢五的什麼人？」

這彩服老人笑將起來，眼睛瞇成一線，眼角的皺紋，更有如蛛網密佈。但一口牙齒，卻仍是雪白乾淨，有如珠玉。

他露出牙齒，瞇眼一笑，道：「姑娘果然眼光雪亮。不錯——老夫畢四，便是那不成才的花郎畢五更不成才的哥哥。」

溫瑾心頭一震，沉聲道：「難道閣下便是人稱玉郎的畢四先生麼？」

彩服老人又自瞇眼一笑，連連頷首。卓長卿昨夜在車廂之外，聽得那些紅裳少女所說花郎畢五被溫瑾削去鼻子之事，此時聽見這老人自報姓名，心中亦不禁為之一動，暗自忖道：「此人想必是來為他弟弟復仇的。」

立即目光灼灼，全神戒備起來。那三個紅裳少女見了這老人的奇裝異服，再聽見這老得已快成精的老人居然還叫作玉郎，心中都不覺好笑，只是不敢笑出聲來。

只見這玉郎畢四瞇起眼睛，上上下下瞟了溫瑾幾眼，道：「姑娘年紀輕輕，不但口才犀利，而且目中神光滿盈，顯見內功已有根基，難怪我那不成材的弟弟，要被姑娘削去鼻子。」

溫瑾冷笑一聲，道：「那麼閣下此來，莫非是要為令弟復仇的麼，那麼……」

哪知她話聲未了，這玉郎畢四卻已大搖其頭，截口說道：「不對，不對，不但不對，而且大錯特錯啦。」

卓長卿、溫瑾齊地一愣。

只聽這玉郎又道：「那畢五又老又糊塗，自己不照照鏡子，卻想來吃天鵝肉，姑娘莫說削去他的鼻子，就算再削去他兩隻耳朵，老夫我不但不會反對，更不會為他復仇，只怕還要鼓掌贊成的。」

卓長卿、溫瑾兩人心中不約而同地暗忖：「人道龍生九子，子子不同，看來當真並非虛語。那『花郎』畢五雖然無恥，想不到他卻有個如此深明大義的兄長。唉——當真是人不可貌相。這畢四看來雖不得人心，想不到卻是胸襟磊落的漢子。」

一念至此，兩人不禁對這位玉郎畢四，大起好感。溫瑾微笑說道：「請恕我無禮，方才多有冒犯之處。」

她語聲一頓，又道：「老前輩此來，可是為了家師……」

此時此刻，她亦不願別人知道她與醜人間的事情，是以此刻口口聲聲，仍稱「家師」。

哪知她語到中途，那玉郎畢四又不住搖起手來。她愣了一愣，倏然頓住話聲。只聽畢四道：「不是不是，非但不是，而且大錯特錯。」

卓長卿心中大奇，忖道：「他這也不是，那也不是，那麼他此來卻又是為了什麼呢？」

只見這玉郎瞇眼一笑道：「老夫不似畢五與令師還有三分交情，此來又怎會為了令師呢！若是……哈哈！」

他大笑兩聲，倏然頓住話聲，又自瞇起眼睛，上上下下地打量著溫瑾。溫瑾被他瞧得好生不耐，但卻又不便惡言相加，秀眉微蹙，微微一笑，道：「那麼老前輩此來，難道是遊山玩水的麼？」

她本就麗質天生，笑將起來，更有如百合初放，柳眉舒展，星眸微暈，玉齒微現，梨窩淺露，當真是國色天香，無與倫比。卓長卿目光動處，一時之間，不覺看得呆了。

溫瑾目光雖未望向卓長卿，但卻也知道，他正在看她。

她只覺心裡甜甜的，雖不想笑，卻忍不住要笑出來，目光抬處，卻見那玉郎畢四也正在呆呆地望著她。

她笑容一斂，只見這玉郎畢四搖頭晃腦，嘖嘖連聲，道：「美、美、真美！」

語聲微頓，突然雙手一分、一揚，單膝點地，跪了下來。

卓長卿一愣，溫瑾更是大奇，纖腰微扭，退後三步，詫聲道：「老前輩，你這是幹什麼？」

玉郎畢四道：「你真的不知道麼？」

溫瑾搖首道：「我真的不知道。」

玉郎畢四雙手一合，捧在自己的胸前，低聲道：「你真的不知道……你真的不知道我的心麼？我正在向你求婚呀！我要你答應，答應嫁給我。我雖然是畢五的哥哥，卻長得比他年輕，更比他英俊。你雖然拒絕了他，他活該，我想你一定不會拒絕我的，是嗎？」

卓長卿、溫瑾、多事頭陀、三個紅裳少女，一齊睜圓眼睛，望在這玉郎畢四身上，幾乎以為此人瘋了。

他們有生以來，做夢也沒有想到，世上竟會有如此無恥之人，竟會做出這種無恥之事。

他們竟連笑都笑不出來了，氣亦無法氣出來。只聽看台之上，反倒笑聲如雷。那玉郎畢四卻仍直挺挺地跪在地上，揚臂道：「我當著別人跪在你面前，這表示我對你是多麼癡情。你能傷害一個對你如此癡情的人的心嗎？不會的，你是那麼……」

卓長卿再也忍不住，大喝一聲，道：「住口！」

玉郎畢四面色一沉，道：「我說我的，干你何事？難道你在吃醋麼？」

卓長卿鐵面如水，生冷而簡短地說道：「站起來。」

玉郎畢四乾澀而枯老的面容，像是一塊乾橘皮，突然在火上炸開了花。他掃帚般的雙眉，金魚般的眼，在這一瞬之間，都倏然倒豎起來，怒喝道：「你是誰？你可知道老夫是誰？你竟敢在老夫面前這般放肆，哼哼，大約真的是活得有些不耐煩了。」

這玉郎畢四方才言語溫柔，柔如綿羊，此刻說起話來，卻是目瞪眉豎，猛如怒獅。只是他卻忘了自己此刻仍然跪在地上，身體的姿勢，與面目的表情太不相稱。那些紅裳少女見了這等情況，忍不住又都掩口暗笑起來。

卓長卿怒氣更熾，方待怒喝，卻聽畢四冷哼一聲，又已接口說道：「我說話的對象是這位姑娘，只要這位姑娘願意聽，誰都不能叫我住口。你這小子算是什麼！哼哼，當真是狗捉老鼠，多管閒事！」

卓長卿愣了一愣。他生來直腸直肚，心中所想之事，半點不會轉彎，此刻不禁暗忖：「是了，我曾聽人說過，女子最喜歡別人奉承，這姓畢的滿口胡言，溫瑾卻並未──」

想到這裡，忍不住目光斜瞟溫瑾一眼。

卻聽溫瑾緩緩說道：「姓畢的，你說了一堆廢話，我卻沒有喝止，你知道是為了什麼？」

玉郎畢四本雖滿面怒氣，忽然聽見溫瑾竟然對自己說起話來，而且鶯聲燕語，語聲中並無怒氣，心中不禁一蕩，立刻柔聲道：「想來是我的一片真心誠意，打動了姑娘的芳心，是以──」

溫瑾搖了搖頭，接口道：「不對！」

玉郎畢四笑容一斂，但瞬又含笑道：「那麼可是姑娘聽我說得十分好聽，是以──」

他話未說完，溫瑾又自搖首接口道：「也不對！」

她輕輕一拂衣角，嘴角似笑非笑，接道：「我小的時候，一個冬天的早上，正坐在院子裡曬太陽，忽然有一條瘋狗，跑來對我亂吠，我氣不過，就把牠打跑了，哪知我……我姑姑走來看見，卻將我罵了一頓，說一個女孩子應該文靜些，怎麼可以和瘋狗一般見識！」

她語聲本就嬌柔動聽，面上更永遠帶著三分笑容，此刻陽光溫柔地映在她面容上，更顯得她嬌靨如花。

玉郎畢四直看得心癢難抓，忍不住道：「是極，是極，姑娘今日這般文靜，想必定是幼時教養極佳之故。」

溫瑾微微一笑，又道：「我文靜雖不見得，但卻真的再也不和瘋狗一般見識了，以後再有瘋狗在我旁邊狂吠，我只有走開一點，讓讓他……」

她語聲一頓，目光忽然溫柔地落在卓長卿身上，接口又道：「可是現在如果有瘋狗在我旁邊狂吠，我就再也不必讓牠了，因為我現在已經有了……」

垂首一笑，方自接道：「有了一個保護我的人。」

纖手微抬，緩緩指向畢四：「長卿，你替我把這條瘋狗趕走，好不好？」

卓長卿見她竟還在與畢四含笑而言，心中正是怒憤填膺，恨不得立時掉首不顧而去。此刻聞言愣了一愣，才恍然瞭解她的含意，心中不覺又笑又惱。這少女當真調皮得很，此時此刻，居然還有心情來說笑。轉目望去，只見那玉郎畢四直挺挺跪在地上，面上又紅又紫，有如豬肝，突然大喝一聲，跳將起來，戳指溫瑾，破口大罵道：「你這小妮子，當真不識抬舉，畢四太爺好意抬舉你——」

話聲未了，忽覺一股勁風當胸襲來，威猛強勁，竟是自己生平未遇。他大驚之下，身形一旋，倏然滑開五尺，定眼望去，只見卓長卿面帶寒霜，揮掌冷笑說道：「我手掌三揮之後，你若還在此地，就莫怪我手下無情了。」

玉郎畢四似乎被他掌風之強勁所驚，面色一變，倒退三步。卓長卿手掌兩揮，見他已有去意，心中不禁一寬。要知道他生具性情，方才傷了那千里明駝牛一山的性命，心中已是大為不忍，此刻對這玉郎畢四雖然極為惱怒，但卻仍不願出手相傷。

玉郎畢四倒退三步，身形方自向後一轉，突又滴溜溜地一個轉身，快似旋風，手掌微揚，勁風三道，分向卓長卿前胸將台、玄關、乳泉三處大穴襲來。

這三道暗器不但體積奇小，難以覺察，而且又是在玉郎畢四轉身之間發出，卓長卿但覺眼前微花，暗器距離自己前胸，已不及三尺。

溫瑾情急關心，花容慘變，嚶嚀一聲，撲上前去。只見卓長卿雖然胸腹一縮，腳下不動，前胸竟然縮後一尺。但這三點暗器，卻仍都著著實實，擊在他身上。溫瑾目光動處，只覺眼前一黑，腦中一陣暈眩，蹬蹬蹬連退數步，險些一跤跌在地上。

玉郎畢四一聲怪笑，道：「小子張狂，也要你見見畢四太爺的——」

話聲未了，忽見卓長卿胸膛一挺，身軀竟又站得筆直。那三點暗器雖都著著實實打在他身上，此刻竟又都滑下，卓長卿伸手一接，接在掌中。

玉郎畢四一陣大驚。看台之上，多是武林高手，眼光明銳，是以那暗器雖纖小，這些人也俱都看得清清楚楚，此刻心中亦不禁大感驚愕，有的竟忍不住脫口驚呼出聲來。

溫瑾定了定神，睜開眼簾，方待挨到卓長卿身上，查看他的傷勢，此刻見他居然無恙，心中驚喜交集，張口半晌，竟然說不出話來。

卓長卿劍眉軒處，冷冷一笑，突然手掌一揚，掌中那三支比普通形狀小了一半的五稜鋼針，便已原封不動地襲向畢四，風聲尖銳，竟比畢四方才擊出之時，力道還要強勁數倍。

這三支五稜鋼針，本是玉郎畢四揚名江湖的暗器，威力雖不及醜人溫如玉的無影神針霸道，但卻也是見血封喉，極為歹毒，而且鋒利無比。再加上玉郎畢四手勁非同小可，縱然身懷金鐘罩、鐵布衫、十三太保橫練一類功夫之人，若是遇著此等暗器，一樣也是無法抵擋。

是以玉郎畢四再也想不到自己發出的暗器，竟傷不了這玄衫少年，此刻驚恐之下，卻見這三支鋼針竟然原物退回，他深知自己這種暗器的威力，當下嚇得心膽皆喪，再也顧不得顏面，身形一縮，就地一滾，只覺風聲三縷，自頭頂飛過，劃空飛出數丈，方自落到地上。他翻身站起，額上冷汗涔涔落下，方才面上的狂傲之意，此刻早已經消失無影，心中卻兀自大惑不解，暗忖道：「以我的手勁發出這些五稜毒針，縱是鐵板，也未見能以抵擋，這少年是憑著什麼，難道他的內功真已練到金剛不壞之身嗎？」

他自然不會知道，卓長卿身上所穿的這條玄色長衫，看起來雖然毫不起眼，但其實卻非凡物，正是司空老人以昔年得自黃山的那怪蛇之皮所裁製。醜人溫如玉那時不遠千里趕至黃山，一半也是為著此物。

世事之奇，有些的確不是常理所能忖度。這怪蛇之皮，不但堅韌無比，刀槍難入，而且火水不侵，是以雲中程初見到卓長卿時，卓長卿自火宅之中，安步而出，身上並無半點火星；萬妙真君尹凡與他野店相敘之時，他身上潑了一滿杯酒，卻也滴水不沾。此刻玉郎畢四的三道鋼針，雖然霸道，但已被他以內力化去一半力道，再加上這件異衫之能，自然不能傷他分毫。

卓長卿傲然而立，又自喝道：「還不快滾！」

他這一聲喝聲，雖然和片刻之前的一聲喝聲的聲音毫無二致，但聽在玉郎畢四以及在場群魔耳裡，所生的反應卻大不相同。

只見玉郎畢四呆立半晌，面上陣青陣白，終於暗歎一聲，身形微擰，轉身欲去。哪知溫瑾突然冷冷一笑，喝道：「站住！」

畢四身形微頓，溫瑾冷冷道：「你亂吠了半天，就這樣想走了嗎？」

纖足微點，曼妙的身形，突然驚鴻般掠到身側。「你那寶貝弟弟，留下一隻鼻子，你好歹也該留下一些東西來呀！」

玉郎畢四心中又急又怒，只見溫瑾微一招手，立在遠處的一個紅裳少女，立刻如飛掠來，雙手遞上一柄形似匕首的短劍，劍長僅有一尺，劍柄製作得極為精緻，劍身卻晶瑩雪亮，在日光下閃閃生光，正是當時江湖女子常用的防身之物。

溫瑾口角含笑，接過短劍，伸出春蔥般的纖纖玉指，在劍身上輕輕一抹、一彈，只聽「鏘」的一聲輕吟，溫瑾又道：「是鼻子有用些，還是耳朵有用些？呀——想來兩樣都沒有什麼用，你還是兩樣都留下來吧！」

玉郎畢四暗道一聲：「罷了。」

他雖然厚顏無恥，卻又怎能當著這些人之面，受到如此欺辱？心中雖知自己萬萬不是那玄衫少年的敵手，但此時此刻，卻少不得要拚上一拚，轉念之間，正待翻身一掌擊出。

哪知就在他心念轉處，身後突然微風拂過，那玄衫少年，竟已掠到他身前，他面色一變，卻聽這玄衫少年竟緩緩道：「放他去吧！」

溫瑾微微一愕，秋波數轉，突然噗哧一笑，放下手掌，嬌笑道：「我才不會和他一般見識哩，剛才不過是故意嚇嚇他的。」

卓長卿含笑道：「那就好了。」

手掌一揮：「還不快走！」

他見溫瑾如此的柔順，心中不覺大感安慰。那些紅衫少女見到溫瑾平日那樣刁蠻，今日對這玄衫少年，卻又如此溫馴，彼此對望一眼，心中各自不解。

玉郎畢四目光怨毒地瞪了卓長卿一眼，突然長歎一聲道：「青山不改，綠水長流……」

語聲未了，他身形已如飛掠去，只聽遠遠仍有語聲傳來：「此恩此德，來日必報。」

溫瑾秋波流轉，望著他的背影，輕輕說道：「你對他雖然這麼仁慈，可是他卻未必會感激你，說不定以後還要找你報仇也說不定。唉——那麼你這又是何苦？」

卓長卿面色一沉，正色道：「做人但求自己無愧於心，至於別人怎樣對我無所謂。哼哼，我豈是施恩望報之人——」

說到這裡，忽然瞥見溫瑾目光在閃動，隱有淚珠，知道她自幼受著醜人溫如玉的放縱，能夠如此，已是大為不易，有時縱然行為略為偏激，卻也難怪。

一念至此，他不禁柔聲道：「有些事你自然不會明瞭。唉——要是你從小就跟著我那恩師在一起，就不會——」

語聲未了，忽聽一聲慘呼，自遠處傳來，聲音淒慘絕倫，聽來令人毛骨悚然。卓長卿面色一變，脫口道：「這是玉郎畢四！」

轉面望向溫瑾：「這又是怎麼回事？」

溫瑾搖了搖頭，心中突然一動，面色不禁又為之大變。

那看台之上的武林群豪，有些雖與玉郎畢四有故交，但見卓長卿武功那般驚人，溫瑾又是醜人溫如玉的徒弟，這些人雖然俱都不是等閒角色，但卻誰都不敢招惹溫如玉，是以畢四受辱，他們都一直袖手旁觀，端坐不動。

但此刻的這一聲慘嘯，卻使得他們不禁都長身而起，翹首望去。只見兩條淡紅人影，自那邊如飛掠來，身法輕盈美妙，不弱於武林中一流高手，瞬息之間，便已掠到近前。

卓長卿抬目望去，只見這兩個紅衫少女，竟是在那紅巾會幫眾慘死之時，從地上拾起那粒粉紅色珠子的小玲、小瓊。此刻她兩人身形如風，掠到近前，倏然頓住身形，小玲玉掌平伸，掌中托著一方素絹，絹上鮮血淋漓，竟赫然放著三團血肉。

卓長卿心頭一懍，仔細望去，才看出這三團血肉，竟是一雙人耳、一隻人鼻，不禁脫口驚呼一聲，又自變色道：「這是怎麼回事？」

小玲、小瓊四道秋波，齊地一轉，面上卻木然沒有絲毫表情，緩緩地走到溫瑾身前。溫瑾柳眉微顰，忍不住問道：「這可是那玉郎畢四的？」

小玲微微頷首，道：「這是祖姑姑叫我們交給姑娘的——」

她語音微頓，又道：「她老人家說，無論姑娘對她怎樣，要是有人對姑娘無禮，她老人家還是不能坐視，所以——她老人家就代姑娘把這姓畢的鼻子和耳朵割下來，交給姑娘。」

雙手一伸，筆直地交到溫瑾面前。

卓長卿心中暗驚：「這醜人溫如玉當真是神出鬼沒，我半點沒有看到她的影子，但此間發生之事，她卻都瞭若指掌。」

溫瑾呆呆地望著這一方血絹，心中但覺百感交集，思潮翻湧……

小玲等了半晌，見她仍不伸手來接，秋波一轉，緩緩垂下腰去，將這一方素絹，放到地上，輕歎一聲，接著又道：「姑娘不接，我只得將它放在這裡。反正只要姑娘知道，祖姑她老人家對姑娘還是那麼關心就好了。」

小瓊目光一垂，接道：「祖姑還叫我們告訴姑娘，姑娘若是想找她老人家報仇，她老人家一定會讓姑娘稱心如願的。今天晚上，她老人家就在昨天晚上的廟堂裡等候姑娘——」

她眼眶似乎微微一紅，方自接道：「她老人家還說，請這位卓相公，也和姑娘一起去。」

小玲輕歎一聲，接道：「到時候，我們兩人也會在那裡等著姑娘的。我兩人和姑娘從小在一起，承蒙姑娘看得起，沒有把我們看成下人，我兩人也一直感激得很，常常想以後一定要報答姑娘，可是——」

她語聲微頓，目光一垂：「可是今天晚上，我兩人再見姑娘之面的時候，卻已是姑娘的仇人。姑娘若要對祖姑老人家怎樣，那麼就請姑娘也一樣地對我們。」

她幽幽長歎一聲，又說道：「我們不像姑娘一樣的博學多才，我們都笨得很。可是我們卻也聽說過一句話，那就是：『人若以國士待我，我便以國士對人。』這句話我不知說得對不對，但意思我卻是懂的。」

小瓊目光一直垂在地面，此刻她眼眶彷彿更紅了，幽幽地歎道：「我們不管祖姑為人怎樣，但她老人家一直對我們很好，就像她老人家一直對姑娘很好一樣。」

這兩人一句連著一句，只聽得溫瑾心中，更覺辛酸苦辣，五味俱全。

她垂首無言，愣了半晌，明眸之中，又已隱泛淚珠。

卓長卿目光動處，雙眉微皺，像是想說什麼，卻又終於忍住。

只見溫瑾垂首良久，突然一咬銀牙，道：「父母之仇，不共戴天。你兩人這樣說，我心裡頭雖然難受，但是——」

小玲目光一抬，截斷了她的話，冷冷道：「我們知道姑娘的心意，當然我們不能勉強，可是我也聽說，古人有割袍斷義、劃地絕交的故事——」

她話聲倏然中止，手腕一伸一縮，從懷中取出一柄短劍，左手緊捏衣角，右手一劃，只聽「嘶」的一聲，那件紅裳衣袂，便被利劍一分為二。

她暗中一咬銀牙，接著道：「從此姑娘不要再認得我，我也不再認得姑娘了。」

玉掌一揮，短劍脫手飛出，斜斜地插在地上，「噗」的一聲，劍身齊沒入地。她表面雖強，心中卻不禁心酸，兩滴淚珠，奪眶而出。抬頭望處，溫瑾亦已忍不住流下淚來。

兩人淚眼相對，卓長卿暗歎一聲，轉過面去。他無法理解，造化為何如此弄人，讓世人有如此悲慘之事。

看台之上的武林豪士，見了這等場面，個個心中不禁驚疑交集，但其中真相，卻無一人知道。眾人面面相覷，誰也無法伸手來管此事。有的人只得轉身走了，有的人雖還留在當地，但卻無一人插口多事的。

一直垂首而立的小瓊，此刻又自長歎一聲，緩緩說道：「事已至此，我也再無話說。我想姑娘總比我們聰明得多，會選擇一條該走的路，可是——」

她話聲一頓，突然走向卓長卿，說道：「卓相公，你是聰明人，我想問問你一句話，不知你可願意聽？」

卓長卿微微一愣，沉吟道：「且請說出。」

小瓊緩緩道：「生育之苦，固是為人子女者必報之恩，但養育之恩，難道就不是大恩麼？難道就可以不報麼？」

卓長卿又自一怔，不知該如何回答。卻見這兩個少女，已一齊轉過身去，頭也不回地走了。本來站在一旁的紅裳少女，個個對望幾眼，亦自默然跟在她們身後，垂首走去。

第十六章　恩重仇深

溫瑾垂首而立，一時之間，心中是恨是怨，是恩是仇，她自己也分辨不清。良久，良久，她方自抬起頭來，四側卻已別無人影，看台上的武林群豪，此時也都走得乾乾淨淨，只有卓長卿仍然無言地站在她身旁，就連那素來多事的多事頭陀無根大師，此刻都已不知走到哪裡去了。

陽光仍然燦爛，仍然將地上的尖刀，映得閃閃生光。她緩緩地俯下身，緩緩地拔起那柄插在地裡的短劍，和自己手中的一柄短劍，放在一起。一陣風吹來，她竟似乎覺得有些涼意，於是她轉身面向卓長卿，怔了許久，終於「哇」的一聲，撲在他懷裡，放聲痛哭起來。

她只覺得此刻她所能依靠的，只有這寬闊而堅實的胸膛。她感覺到他的一雙臂膀，緊緊地環抱住了自己的肩膀。

一絲溫暖的感覺，悄悄從她心中升起。她勉強止住哭聲，抽泣著道：「我該怎麼辦呢？長卿，我該怎麼辦呢？」

卓長卿垂下目光。她如雲的柔髮，正在他寬闊的胸膛上起伏著，就像是平靜的湖泊中，溫柔得波浪似的。

他抬起手，輕輕地撫摸著這溫柔的波浪。天地間的一切，此刻都像是已靜止了下來，他感覺得出她心跳的聲音，但卻也似乎那麼遙遠。

強忍著的抽泣，又化成放聲的痛哭。

鬱積著的悲哀，也隨著這放聲的痛哭，而得到了宣洩。

但是卓長卿的心情，卻更加沉重了起來。他暗問自己：「我該怎麼做呢？生育之苦，養育之恩……唉，我既該讓她報父母之仇，卻也該讓她報養育之恩呀！」

他無法回答自己，他更無法回答溫瑾。

終於，他做下了個決定，於是他輕拍著她的肩膀，出聲道：「我們走吧。」

溫瑾服從地抬起頭，默默地隨著他，往外面走去。他們誰也不願意施展輕功，緩慢地繞過那一片刀海，走出看台，走過那一條兩旁放滿棺木的小道。白楊的棺木，在陽光下呈現著醜惡的顏色，卓長卿心中積鬱難消，突然大喝一聲，揚手一掌，向道旁一口棺木劈去，激烈的掌風，震得棺木四散飛揚。

突地——

棺木之中，竟有一聲慘呼發出，呼聲尖銳，有如鬼嘯！

卓長卿驀地一驚，只覺一陣寒意，自腳底直升背脊——

他呆若木雞地定睛望去，只見隨著四散的棺木，竟有一條人影，隨著飛出，「噗」的一聲，落在地上，輾轉兩下，寂然不動。

卓長卿呆呆地愣了半晌，一個箭步，躥了過去。地上躺著的屍身，黑衫黑服，仰天而躺，面上滿是驚恐之色，像是在驚奇著死亡竟會來得這麼突然似的，他竟連一絲反抗的餘地都沒有。

溫瑾亦自大吃一驚，秋波流轉，四下而望。陽光之下，大地像是又回復了寂靜，但是——

道旁的棺木，卻似乎有數口緩緩移動了起來，她幾乎不相信自己的眼睛。此刻縱然是白天，縱然有陽光如此光亮，但是她卻不由自主地泛起一陣難以描述的悚慄之意，就像是一個孤獨的人，在經過鬼火粼粼、鬼語啾啾的荒墳時一樣。

溫瑾呆立半晌，心念數轉，突然柳眉一軒，雙手齊揚。

只見銀光兩道，厲如閃電，隨著她纖手一抬之勢，襲向兩口並置的棺木。

「噗」的兩聲，兩柄短劍，一齊深沒入棺。

接著竟然又是兩聲淒厲的慘叫，鮮紅的血水，沿著兀自留在棺外的劍柄，一滴一滴地流了出來，流在灰暗的山道上。

卓長卿一掠回身，掠到溫瑾身旁，兩人方自匆匆交換了一個目光。

突然——

山道盡頭，傳來三聲清脆的銅鑼之聲。

噹！噹！噹……

餘音嫋嫋未歇，山道兩旁的百十口棺木的白楊棺蓋，突然一齊向上抬起——

卓長卿在大驚之下，目光一掃，只見隨著這棺蓋一揚之勢，數百道不經留意便極難分辨的烏黑光華，帶著尖銳風聲，電射而至。他心頭一涼，順手拉起溫瑾的手腕，雙足一頓，身形沖天而起，應變之迅，當真是驚世駭俗。

只見數百道烏黑光華，自腳底交叉而過，卻又有數百道烏黑光華，自棺中電射而出。他身在空中，借力無處，這一下似乎是避無可避，只聽溫瑾脫口驚呼道：「無影神針！」

他心頭更是一寒，想到這暗器之歹毒，可算是天下少有，自己在空中雖能身形變化，但這些暗器密如飛蝗，自己身穿蛇衣，如再轉折掠開，縱然身上中上幾處，亦自無妨，但溫瑾豈非凶多吉少？

此刻情況之險，當真是生死俱在一念之間。

卓長卿情急之下，心中突然閃電般泛起一個念頭。

他甚至來不及思索這念頭是否可行，便已大喝一聲，揚手一掌，向溫瑾當胸擊出。

這一掌掌風激烈，威勢驚人，但掌勢卻並不甚急。溫瑾身在空中，眼見他這一掌擊來，心中既驚且怪，愣了一愣，亦自揚手拍出一掌。

「噗」的一聲，兩掌相接，溫瑾忽覺一股內力，自掌心傳來，她本極靈慧，心中突然一動，掌心往外一翻，婀娜的身軀，便已借著這一掌之力，橫飛三丈，有如一隻巧燕般，飛出山道之外。

卓長卿自己也借著這一掌之力，橫飛開去，眼看那些烏黑的暗器無影神針，已自交相奔向自己方才凌空之地，不禁暗道一聲「僥倖」，伸手一揑，掌心卻已淌滿一掌冷汗。

可是他身形卻絲毫沒有半分停頓，腳尖一點，身形便已閃電般向方才鑼聲響處撲去。目光閃處，遠遠望去，只見山道盡頭處的一口棺木之中，佇立著一個黑衣漢子，手中一面金鑼，在日光下閃閃生光。這漢子一手揚錘，正待再次擊下，望見卓長卿如飛掠來，嚇得手中一軟，「噹」的一聲，金鑼落地，身形一擰，一躍兩丈，亡命地向山下掠去。

卓長卿大喝一聲：「哪裡逃！」

倏然一個起落，身形斜飛數丈，隨後就追了過去。此刻溫瑾亦已如飛掠來。只見那黑衣漢子腳下矯健，輕功不弱，施展的身法，竟是上乘輕功絕技八步趕蟬。

卓長卿腳下不停，口中大喝道：「莫放這廝逃走！」

他兩人輕功之妙，當真是絕世驚人，那漢子身法雖快，卻再也不是他兩人的敵手，一霎眼之間，只覺身後衣袂帶風之聲，越來越近，他知道自己萬萬無法逃出這兩人的掌握，突然回首大喝一聲，道：「看鏢！」

卓長卿、溫瑾齊地一驚，身形微頓。溫瑾目光動處，瞥見這人的面目，不禁變色，脫口而出呼道：「喬遷！」

呼聲未了，已有一道寒光擊來。卓長卿劍眉微揚，隨手一掌，將這一道鏢光，遠遠劈落，落入草叢中，大喝問道：「這廝便是喬遷？」

溫瑾道：「不錯──追！」

隨著呼喊之聲，他兩人身形又已掠出十丈。前面已是樹林，卓長卿眼看此人已自掠入樹林，突然長嘯一聲，身在空中，雙臂微分，有如展翅神鷹，一掠三丈，頭下腳上，揚手一掌，向這漢子當頭劈下。

這一掌威勢之猛，當真是無與倫比！那漢子心膽皆喪，俯身一竄，身形落地，連滾數滾，滾入樹林裡，心中方自一定，只道自己一入密林，性命便已可撿回一半，哪知身前突然一人冷喝道：「還往哪裡逃！」

他心頭一顫，舉目望過去，方才那玄衣少年，已冷然立在他身前。他再也顧不得羞辱，雙肘向後一挺，身形又自向後滾出。這江湖下五門中的絕頂功夫就地十八滾，似乎被他運用得出神入化。但見他枯瘦的身軀，在地上滾動如球，連滾數滾，突然又有一個冰冷的聲音，自他身後發出：「哪裡去！」

他心頭又自一懍，偷偷一望，更是面如土色。他知道這少女便是紅衣娘娘溫如玉的弟子溫瑾。

前無退路，後有追兵，他自知武功萬萬不是這兩人的敵手，卻還妄想行險僥倖，突然厲叱一聲，雙肘、雙膝一齊用力，身形自地上彈起，雙手連揚，十數道烏黑光華，俱都閃電般向溫瑾發出——

溫瑾冷笑一聲：「你這叫班門弄斧！」

纖軀一扭，羅袖飛揚，這十數道暗器在霎眼之間，便有如泥牛入海，立時無影無蹤。

這漢子身形一轉，又待向側面密林中撲去，哪知身後突然一聲冷笑，他但覺脅下腰間一麻，周身再也無力，噗地坐在地上。

卓長卿一招得手，喝道：「你且看住這廝，我到那邊看看。」

說到「看看」兩字，他身形已遠在十丈之外。接連三兩個起落，只見那片山道之上的兩旁棺木中，已接連躍出數十個黑衣漢子來。他清嘯一聲，潛龍升天，一衝三丈，大喝道：「全部站住！」

那些漢子一驚之下，抬目望去，只見一個玄衣少年，在空中身形如龍，夭矯盤旋，他們雖然都是久走江湖的角色，但幾曾見過這等聲威？只嚇得腳下發軟，果然沒有一人敢再走一步。

卓長卿奮起神威，雙掌一揚，凌空劈下，掌風激蕩，竟將山道兩旁一左一右兩口棺木，劈得木片四下紛飛。

他大喝一聲：「誰再亂走一步，這棺木便是榜樣。」

喝聲過後，他身形便自飄飄落下，有如一片落葉，曼妙無聲。

那些黑衣漢子看著這等足以驚世駭俗的輕功，幾乎是無法相信自己的眼睛。只見這玄衫少年又自喝道：「全部回來，站成一排！」

黑衣漢子們面面相覷，呆了半晌，果然一個個走了回來，垂頭喪氣地立在道旁，有如待宰的牛豕，全身顫抖，面如死灰。

卓長卿冷笑一聲後，溫瑾已自一手提著那漢子，掠了過來，「噗」的一聲，將他擲到地上，微微一笑，道：「這廝果然就是喬遷！我早已知道他不是好人，卻想不到他竟壞到這種地步。他這一手想來是想將到會的武林豪士，一網打盡。唉——要是在黑夜之中，驀然遇著這麼一手，還真的是叫人防不勝防。」

她緩緩走到棺木之前，秋波一轉，突然從棺中取出一包乾糧、一壺食水來，向卓長卿一揚。卓長卿劍眉軒處，冷哼一聲。

溫瑾又道：「奇怪的是，這些漢子發放暗器的手法，俱都不弱，真不知道這姓喬的是從哪裡找得來的？」

她語聲微頓，又自從地上拾起一物，把玩半晌，送到卓長卿手上。卓長卿俯首望處，只見此物體積極小，四周芒刺突出，果然便是自己在臨安城中所見之物，不禁皺眉道：「這難道又是——又是那溫如玉暗中設下的埋伏麼？」

溫瑾螓首輕垂，柳眉深顰，輕聲道：「這無影神針，的確是她不傳之秘，除了我和小瓊、小玲之外，就似乎沒有傳給過別人，而且，此物製造不易——」

語聲突頓，垂首沉思半晌，突然掠到喬遷身側，纖足微抬，閃電般在喬遷背脊之後，連踢三腳。

只見喬遷瘦小的身軀，隨著她這一踢之勢，向外滾開三步，張口吐出一口濃痰，翻身坐了起來，機警尖銳的眼珠，滴溜溜四下一轉，乾咳一聲，垂下頭去。他知道自己此刻已在人家掌握之中，有如甕中之鼈，是以根本再也不想逃走之計，居然盤膝坐在地上，一言不發，瞑目沉思起來。

溫瑾冷笑一聲，沉聲道：「我問你一句話，你可要好生答覆我！」

喬遷以手支額，不言不動，生像是根本沒有聽到她的話似的。

卓長卿見此人面容乾枯，凹睛凸顴，面上生像寸肉不生，一眼望去，便知是尖刻之像，嘴唇更是刻薄如紙，想必又是能言善辯之徒，心下不覺大起惡感，劍眉微皺，叱道：「此人看來奸狡絕倫，你要問他什麼，他縱然答覆，也未見可信——」

說到這裡，暗歎一聲，忽覺自己對這些奸狡之徒，實在是束手無策，卻見溫瑾微微冷笑，接口沉聲說道：「比他再奸狡十倍的凶徒，我也見得多了，我若不能叫他說出實話來——哼哼。」

她冷哼兩聲，又道：「長卿，你可知道對付這種人，該用什麼辦法？」

卓長卿愣了一愣，緩緩搖了搖頭，卻見溫瑾秋波一轉，似乎向自己使了個眼色，冷笑又道：「我再問他一句，他若不好生回答於我，我就削下他一隻手指，然後再問他一句，他若還不回答，我就再削下他兩隻手指，他就算真的是鐵打的漢子，等到我要削他的耳朵，切他的鼻子，拔他的舌頭，挖他的眼珠的時候，我就不相信他還不說出來。」

她緩緩說來，語聲和緩，但卻聽得卓長卿心頭一顫，轉目望去，只見那喬遷卻仍瞑目而坐，而額上已忍不住流下冷汗。

溫瑾冷笑一聲，又道：「長卿，你要是不信，我就試給你看看。」

柳腰一擰，緩步走到喬遷面前，還未說話，卻見喬遷已自長歎道：「你要問我什麼？」

溫瑾輕輕一笑，秋波輕瞟卓長卿一眼，道：「你看，他不是也聰明得很麼？」

卓長卿暗歎一聲，忖道：「惡人自有惡人磨，看來此話真的一點也不錯。」

他卻不知道，溫瑾雖是輕描淡寫的幾句話，卻已足夠叫喬遷聽了膽寒，這因為喬遷深知這位女魔頭的弟子，當真是說得出、做得到的角色。

只聽溫瑾一笑道：「我先問你，你這些無影神針，到底是從哪裡來的？」

喬遷雙目一睜，目光一轉，道：「我若將一切事都據實告訴你，你還要對我怎樣？」

溫瑾柳眉一軒，冷冷道：「你若老老實實地回答我的話，我就廢去你一身武功，讓你滾回家去，再也不能害人。」

喬遷面色一變，額上汗下如雨，呆呆地愣了半晌，頹然垂下頭去。卓長卿雙眉一皺，忖道：「廢去武功，生不如死，這一下我看他大約寧可死去，也不願說出了。」

哪知他心念未轉完，喬遷卻已慘聲道：「我說出之後，姑娘縱然饒我一命，但只怕——」

他目光一轉，向那些黑衣漢子斜瞟一眼：「我還沒有回家，就已被人亂刀分屍了。」

溫瑾柳眉揚處，沉聲道：「你要怎的？」

喬遷目光一轉，垂首道：「我只望姑娘能將我輕功留下幾分，讓我能有活命之路。」

卓長卿長歎一聲，忖道：「想不到世上竟有人將生命看得如此珍貴，甚至比自己的名譽、信用、自由的總和還要看得重些。唉——自古艱難唯一死，難怪那些拋頭顱、灑熱血，將自己生死置之度外的英雄豪傑，能夠流傳史冊，名垂千古。」

一念至此，回轉頭去，不忍再見此人的醜態。

只聽那溫瑾輕叱一聲，道：「以你所作所為，讓你一死，早已是便宜了你，你如此討價還價，當真是——」

她話聲未了，那邊黑衣大漢群中，已大步走出一個人來。溫瑾秋波一皺，輕叱道：「你是誰？難道你有什麼話說麼？」

那黑衣漢子搶前三步，躬身一揖，沉聲道：「小的唐義，乃是蜀中唐門當今莊主的三傳弟子——」

溫瑾口中「哼」了一聲，心中卻恍然而悟：「難怪這些人發放暗器手法，都非庸手，原來他們竟都是名重武林已久，天下暗器名門的唐氏門人。」

卻聽這黑衣漢子唐義躬身又道：「姑娘要問什麼話，小的都可以據實說出，但望姑娘將這無信無義的喬遷，帶回蜀中——」

卓長卿突然接口道：「你先說出便是。」

他對喬遷心中惡感極深，是以此刻無殊已答應了這漢子的條件。

只聽唐義躬身道：「這姓喬的與敝門本無深交，數月之前，他忽然來到蜀中，並且帶來一份密圖，說是得自紅衣娘娘之處，這份密圖便是無影神針的製造方法。當時敝掌門人不在蜀中，是由小人的三師祖叔接待於他——」

溫瑾接口道：「可就是那人稱三手追魂的唐多？」

唐義頷首道：「敝門三師祖叔在江湖中本少走動，是以便被這廝花言巧語所惑，將這份密圖，交給敝門屬下的暗器製造之七靈廠，限於五十天，製出三千枚無影神針來。敝門自三代弟子以下，無不日夜加工，四十五天之中，便已交貨……」

卓長卿忍不住道：「難道你們所用的暗器，都是自己門徒所製麼？」

唐義愕了一愕，忖道：「此人武功之高，看看尤在師爺之上，怎的江湖閱歷，卻如此之淺？蜀中唐門的毒藥暗器名揚天下，世世代代，俱是唐門七靈廠所創，武林中大半知道，怎的他卻不知呢？」

心中雖如此想，口中卻仍恭聲道：「正是。數百年來，據弟子所知，敝門七靈廠製作別門別派的暗器，此次尚屬首創。」

他語聲一頓，又道：「無影神針如期交貨之後，敝派掌門人也自天山趕了回來，這姓喬的少不得又在敝派掌門人面前花言巧語一番，是以——」

卓長卿忍不住又自插口道：「貴派的掌門人又是誰呀？」

唐義又自一愣，面上似乎微微現出不悅之色。要知道，蜀中唐門，名揚天下，唐門三傑，更是天下皆聞。唐義見卓長卿竟不知道，抬目望了兩眼，面上仍然不敢現出不滿，躬身道：「敝派掌門人江湖人稱——」

溫瑾接口道：「三環套月壓天下，滿天花雨震乾坤，摘星射月無敵手唐飛！」

唐義微微一笑，向溫瑾躬身一禮，接道：「敝派掌門人聽了這姓喬的話，在密室之中坐關三天，然後傳令敝派三代弟子七十人，與弟子們和師伯師叔們七人，跟這姓喬的一起到這天目山來，為的只是那三幅畫卷中的名劍靈藥而已。」

溫瑾微微一笑，道：「蜀中唐門，富可敵國，自然不會把金銀珠寶看在眼裡。」

卓長卿見溫瑾言語之中，對這蜀中唐門，似是頗為推崇，心中不覺有些奇怪。

他卻不知道蜀中唐門，數百年來，在武林中的地位，已是根深蒂固，比之少林、武當等名門大派，並不多讓。

而且蜀中唐門門下雖也有些不肖弟子，為害江湖，但大體說來，卻還不愧為武林正宗，是以武林中人，對唐門中人，多有一些敬意。

卻聽溫瑾語聲一頓，突又冷笑道：「只是摘星射月無敵手唐大俠，在江湖中享有俠名，而且素稱鐵面，此次怎麼聽起姓喬的話來？這倒有些奇怪了。」

唐義面頰微紅，垂首說道：「敝派門中事，小人本不十分清楚，但家師祖此次，據說是另有深意——家師祖此次天山之行，大約是樹下強敵，是以便希望能得到這些名劍靈藥——」

他語聲突頓道：「小人此次妄漏本門秘密，本已抱必死之心，只望姑娘知道了，不要再傳言出去，小人便已感恩不盡了。」

溫瑾微微一笑，道：「你如此做法，不過就是想將這罪魁禍首喬遷，帶回蜀中，這其中卻又有什麼原因呢？」

唐義鋼牙一咬，恨聲道：「這姓喬的一到此間，居然又以花言巧語將弟子們這七位師叔蠱惑，在臨安城中，先請敝門兩位女師叔，分頭向紅巾、快刀兩派，投下柬帖，使得他們心中惶然，猜疑不安，又乘黑夜之中，命弟子們將紅巾會眾，一網打盡，然後又命弟子們潛伏於路邊店鋪之中，施用無影神針，偷襲快刀會眾——」

卓長卿「呀」的一聲，脫口道：「原來是他幹的事！」

目光斜瞟溫瑾一眼，溫瑾只微微一笑，忽又歎道：「原來此事其中竟有這麼多的曲折，先前我還以為……」

突然大喝一聲：「哪裡去！」

只見喬遷身形在地上連滾數滾，一躍而起，亡命奔去。

溫瑾大喝一聲，身形已掠出三丈，纖足微點，倏然一個起落，纖掌揚處，三點烏團脫手而出，只聽喬遷慘叫一聲，砰然落在地下，身形又繞了幾處，便已翕然不動。

卓長卿隨後掠來，沉聲道：「這廝可是死了？」

溫瑾冷笑一聲，道：「讓他這樣死掉，豈非太便宜了他！」

將喬遷又自提了回來，往唐義面上一拋。唐義俯身望處，只見這奸狡凶猾的漢子此刻動也不動地伏在地上，雖似已死去，但仔細一望，他背後項上大椎下數第十四節兩旁各開三寸處的左右志堂大穴外，尚露半枚無影神針並未深人，顯見只是穴道被點，並未致命。

這種手法認穴之準尚在其次，勁力拿捏得恰到好處，卻當真是駭人聽聞。唐義目光望處，不禁倒抽一口冷氣。

他本是暗器名門之徒，但此刻見了這種手法，心下仍為之駭然，呆呆地愣了半晌，訥訥道：「小人在暗中偷擊快刀會眾之際，所發暗器，大半被人擊落，是以快刀會眾，才能逃脫大半生命。其時小人就在暗中駭異，不知是誰的暗器手法竟是那般驚人，此刻想來，想必就是姑娘。」

溫瑾微微一笑，道：「那時我也在奇怪，伏在暗中施放的暗器，怎的那般霸道。我先還以為只是鐵蒺藜、梅花針一類的暗器，又以為是那萬妙真君尹凡，或是花郎畢五等人，躲在暗中搗亂，本想查個清楚——」

她微笑一下，向卓長卿輕瞟一眼：「但後來被你一追，再查也查不出了，卻萬萬想不到暗中偷襲之人，竟是唐門弟子，更想不到那些暗器，居然是無影神針……」

卓長卿此刻心中已盡恍然，忖道：「難怪她說暗器她雖發過，卻僅是救人而已，唉——我真的險些錯怪了她。看來江湖詭譎，的確是令人難以猜測。」

向溫瑾微微一笑，這一笑之中，慚愧、抱歉之意，兼而有之。

溫瑾忍不住嬌笑一下，垂下頭去，心中大是安慰。

卓長卿突又恨聲道：「想不到這姓喬的如此歹毒！那快刀、紅巾兩會的門人，與他素無冤仇，他何苦下此毒手！」

唐義沉聲說道：「這廝如此做法，一來，是想以此擾亂武林中人的耳目，使得天下大亂，他卻乘亂取利；再者，他又想嫁禍於紅衣娘娘，讓武林中人以為這些事都是紅衣娘娘所做；三來，他與快刀丁七，以及紅巾三傑都結有樑子，他此舉自是乘機復仇；四來，他如此一做，卻又使得敝門無形中結下許多仇家，如果他一說出來，勢必要引起軒然大波，他便可以此來要脅敝門，說不定他以後還要再挑撥與快刀、紅巾兩會有交情的武林豪士，到蜀中來向敝門尋仇；五來，他自然是以此消除異己，培植自己的勢力；六來，聞道他在江湖中要另外再起門戶，江湖中幾個新起的門派被他完全消滅之後，他如有什麼舉動，自然事半功倍——」

他滔滔不絕，一口氣說到這裡，緩聲稍頓一下，道：「總之此人之奸狡，實在是罪無可恕。小人雖早已對這廝痛恨入骨，但怎奈小人的師叔卻對他十分信任，是以小人，人微言輕，自也無可奈何。此刻他被兩位擒住，又想出賣敝門，不但小人聽到，那邊還有數十個證人！是以小人才不顧自身安危，將這廝計謀揭穿，擒回蜀中，交到掌門人面前，正以家法，讓這廝也知道反覆無義、奸狡凶猾之人，該有什麼下場！」

說到這裡，他突然仰天長歎一聲，道：「至於小人此刻卻也泄出本門秘密，雖然此舉是為了本門著想，但只怕——唉。」

又自歎一聲，倏然頓住語聲。

卓長卿皺眉道：「你那七位師叔呢，怎麼未見同來？」

唐義恨聲道：「這自然又是這廝所弄的花樣！他將小人乘黑夜之中，由一條密道，悄悄帶到這裡來，裝在木棺之中，卻讓小人的七位師叔。翌日和武林豪士一起赴約，等到翌日晚間，那時這『天目大會』必然已告結束，勝負已可分出，再經這條山道出去的，必定是經過一番苦鬥之後得勝的高手，這廝便叫小人即時突然自棺中施放暗器，又讓小人的七位師叔在外相應，裡應外合，一舉奏功。」

卓長卿心頭一涼，暗忖：「黑暗之中，驟遇此變，縱然身手絕頂，只怕也難逃出毒手。唉——此人怎的如此狠毒，竟想將天下英豪，一網打盡！只是他智者千慮，終有一失，卻想不到我會誤打誤撞地將此奸謀揭破，看來天網雖疏，卻當真是疏而不漏哩！」

目光一轉，轉向溫瑾，兩人心意相彷，彼此心中，俱都不禁為之感慨不已。

只見唐義肅立半晌，恭聲又道：「小人所知不言，所言不盡，兩位如肯恕過小人方才之過，小人立時便請告退，不但從此足跡絕不入天目方圓百里一步，便是小人的師長，也必定永遠感激兩位的大德。」

他語聲微頓，突然一挺胸膛，又道：「若是兩位不願恕卻小人之罪，小人自知學藝不精，絕不是兩位的敵手，但憑兩位處置，小人絕不皺一皺眉頭。」

這唐義武功雖不高，卻精明幹練，言語靈捷，而且江湖歷練甚豐，此刻說起話來，當真是不卑不亢。

卓長卿、溫瑾目光一轉，對望一眼，口中不言，心中卻各自暗地尋思：「是放呢，還是不放？」

卓長卿暗歎一聲，忖道：「這些漢子雖然俱是滿手血跡，但他們卻俱是奉命而行，只不過是別人的工具而已——」

他生性寬大，一念至此，不禁沉聲道：「我與你們素無仇怨，你們方才雖然暗算於我，但……」

溫瑾微微一笑，她與卓長卿一日相處，已深知他的為人，接口道：「只要你們以後為人處世，多留幾分仁俠之心，我們也不難為你們。可是——」

她語聲突然一凜：「只要你們日後若再有惡行——哼哼，我不說你們也該知道，我會不會再放過你們。」

卓長卿微微一笑，意頗稱許。只見唐義口中諾諾連聲，躬身行了一禮。俯身扛起喬遷，道：「不殺之恩，永銘吾心。」

左手一揮，那數十個黑衣漢子一齊奔了過來，齊地躬身一禮。這數十個漢子在這等情況之中，行走進退，仍然一絲不亂，而且絕無喧雜之聲，卓長卿暗暗忖道：「如此看來，蜀中唐門，的確非是泛泛之輩。」

只見這數十個黑衣漢子，一個連著一個，魚貫而行，行下山道。唐義突又轉身奔回，掠至卓長卿身前，又自躬身一禮，道：「閣下俠心俠術，武功高絕武林，不知可否將俠名見告？」

卓長卿微微一笑。他素性淡泊，並無在武林中揚名立萬之心，因而便顧左右而言他地笑道：「太陽——」

他本想說：「太陽好烈。」哪知他方自說了「太陽」兩字，溫瑾便已接口道：「他叫卓長卿。」

柳眉帶笑，星眸流波，神色之中，滿是得意之情，顯見是頗以有友如此而自傲。

唐義敬諾一聲，恭聲道：「原來閣下俠名太陽君子。唉——閣下如此為人，雖然是太陽此名，也不足以形容閣下仁義於萬一。」

卓長卿愣了一愣，卻見他又是轉身而去，不禁苦笑道：「太陽君子——看來此人竟敢給我按上一個如此古怪的名字。」

溫瑾嬌笑道：「這個名字不好麼？」

卓長卿苦笑道：「我原先本在奇怪，武林豪士，大半有個名號，卻不知這些名號是哪裡來的。如今想來，大約都是這樣誤打誤撞得到的吧！」

溫瑾笑道：「這也未必見得。有些人的名號，的確是江湖中人公送的。武林中這賀號大典，本是十分隆重之事，譬如說那蕪湖城中的仁義劍客雲中程賀號之時，據說江南的武林豪士，在蕪湖城中，曾擺酒七日，以表敬賀。有些人的名號，卻是被人罵出來的——」

卓長卿微微一笑，本想說道：「想來『醜人』兩字，就是被人罵出來的了。」

但話到口邊，又復忍住。只聽溫瑾道：「還有些人的名號，卻是自己往自己面上貼金，自己給自己取的什麼大王，什麼仙子，什麼皇帝，大概其中十之八九，都是屬於這一類的。」

卓長卿笑道：「妄竊帝號，聊以自娛，這些人倒也都天真得很。」

溫瑾笑道：「武林之中，為了名號所生的糾紛，自古以來，就不知有多少。昔年武當、少林兩派，本來嚴禁門下弟子，在武林中妄得名號，哪知當時武當、少林兩派的掌門人，卻都被江湖中人起了個名號，於是他們這才知道，在江湖中能立下個『萬兒』，雖然不易，但一經立下，卻根本不由自己做主，你不想叫這個名字，那可真比什麼都難。」

卓長卿微一皺眉，笑道：「我不願被人叫作太陽君子都不行麼？」

溫瑾笑道：「那個自然。數十年前，點蒼有位劍客，被人稱為金雞劍客，這大概他本是昆明人，江湖中人替他取的這名字，也不過是用的金烏碧雞之意，哪知這位劍客，卻為了這個名字，險些一命嗚呼，到後來雖未死去，卻也弄得一身麻煩，狼狽不堪了。」

卓長卿心中大奇，忍不住問道：「這卻又是何故？」

溫瑾道：「原來那時武林中叫作蜈蚣的人特別多，有飛天蜈蚣、有千足蜈蚣、有鐵蜈蚣、有蜈蚣神劍，這還不用說他，還有一個勢力極大的幫會，卻也叫作蜈蚣幫。」

她嬌笑一聲，又道：「這些叫蜈蚣的，都認為金雞劍客的名字，觸犯了他們的大忌，因之都趕到雲南去，要將那金雞劍客置之死地。」

「那金雞劍客武功雖高，但雙拳不敵四手，被這些蜈蚣逼得幾乎沒有藏身之地。那時點蒼派的七手神劍已死去多年，點蒼派正是最衰微不振的時候，是以他的同門，也俱都束手無策。」

卓長卿幼隨嚴師，司空老人雖也曾對他說過些武林名人的事蹟，但卻都是一些光明堂皇的故事，是以卓長卿一生之中，幾曾聽到過這些趣味盎然的武林掌故？忍不住含笑接口說道：「後來這金雞難道會被那些蜈蚣咬死麼？」

溫瑾笑道：「那金雞劍客東藏西躲，到後來實在無法，便揚言武林，說自己不要再叫『金雞』這個名號了，哪知那些蜈蚣，卻還是不肯放過他，直到後來武當、少林兩派的掌門真人，一齊出來為他化解，才算無事。你看，為了一個名字，在江湖中竟然弄出軒然大波，這豈非奇事麼？」

卓長卿大感興趣，道：「還有呢？」

溫瑾嬌笑一聲，秋波一轉，又道：「說到金雞，我想起昔年還有一個跛子，也被人叫作金雞，只是這卻是別人在暗中訕嘲他，取的是金雞獨立之意。只可笑這人還不知道，竟自以為得意，還創了金雞幫，要他的門人子弟，都穿著五顏六色的衣裳，美其名為雞尾。」

她歎了口氣，又道：「武林中，有關名字的笑話雖多，但因此生出悲慘之事來的，也有不少。據說昔年武林中有兩位蓋世奇人，一個叫南龍，一個叫北龍，兩人就是為了這名字，各不相讓，竟比鬥了數十年，到後來竟同歸於盡，一起死在北京城郊的一個樹林裡。他們死後又各傳了一個弟子，那兩個少年，本是好友，但為了他們上代的怨仇，卻也只得化友為敵，直到數十年之後，才將這段怨仇解開，但卻已不知生出多少事故了。」

卓長卿長歎一聲：「這又何苦！」

垂首半晌，忽又展顏笑問：「還有沒有？」

溫瑾噗哧一笑，嬌笑道：「你這人真是的，也沒有看見……」

話聲未了，只聽遠處突然呼聲迭起，他兩人齊地一驚，縱身掠去。

只見那些唐門黑衣漢子，俱將行入密林，此刻他們本自排列得十分整齊的行列，竟突然大亂起來，呼叱之聲，交應不絕。

就在這些雜亂的人影之中，又有兩條人影，左奔右突，所經之處，黑衣漢子應手而倒。卓長卿厲叱一聲，飛奔而去，只見那兩條人影亦自一聲大喝，一掠數丈，如飛掠了過來。

第十七章　聲震四野

日光之下，只看見這兩條人影，髮髻蓬亂，衣衫不整，似是頗為焦急潦倒，只有身上的一襲杏黃長衫，猶在日光中閃爍著奪目的鮮豔之色，卻正是那萬妙真君的弟子鐵達人與石平。

卓長卿身形方動，便瞥見這兩人的衣冠面容，腳步立刻為之一頓。只見他兩人如飛地在自己身側掠過，望也不望自己一眼，筆直掠到溫瑾身前。溫瑾秋波轉處，冷冷一笑，緩緩道：「做完了麼？」

鐵達人、石平胸膛急劇地起伏了半晌，方自齊聲答道：「做完了。」

溫瑾一手輕撫雲鬢，突地目光一凜，冷冷道：「什麼事做完了？」

鐵達人、石平齊地一愣，悄悄對望一眼。兩人目光相對，個個張口結舌，呆呆地愣了半晌，鐵達人乾咳一聲，期艾著道：「我……我……」

石平抽進一口長氣，訥訥地接口道：「我們已……已……」

這兩人雖然手黑心辣，無仁無義，但畢竟還是無法將弒師的惡行說出口來。

溫瑾冷笑一聲，微擰纖腰，轉過身去，再也不望他兩人一眼，輕蔑不屑之意，現於辭色，緩緩道：「長卿，我們走吧！」

鐵達人、石平面色齊地一變，大喝一聲：「溫姑娘！」

一左一右，掠到溫瑾身側，齊地喝道：「溫姑娘慢走！」

溫瑾面容一整，冷冷說道：「我與你兩人素不相識，你兩人這般的糾纏於我，難道是活得不耐煩了麼？」

她自幼與那名滿天下的女魔頭紅衣娘娘生長，言語之中，便自也染上許多溫如玉那般冷削森寒的意味，此刻一個字一個字說將出來，當真是字字有如利箭，箭箭射入鐵、石兩人心中。

卓長卿一步掠回，目光動處，見到這兩人面額之上，冷汗涔涔落下，心中突覺不忍，而長歎一聲，道：「你兩人可是要尋那溫如玉為你等解去七絕重手麼？」

鐵達人、石平目光一亮，連忙答道：「正是，如蒙閣下指教，此恩此德，永不敢忘。」

卓長卿緩緩轉過目光。他實在不願見到這兩人此刻這種卑賤之態，長歎一聲，緩緩道：「溫如玉此刻到哪裡去了，我實在不知道！」

語聲未了，鐵、石兩人面容又自變得一片慘白，目光中滿露哀求乞憐之意，伸出顫抖的手掌，一抹面上汗珠，顫聲道：「閣下雖不知道，難道溫姑娘也不知道麼？」

溫瑾柳眉一揚，沉聲道：「我縱然知道，也不會告訴你們。像你們這種人，世上多一個不如少一個的好。」

纖腰一扭，再次轉過身去，緩緩道：「長卿，我們還不走麼？」

卓長卿暗歎一聲，轉目望去，只見鐵、石兩人，垂手而立，面上突然現出一陣憤激之色，雙手一陣緊握，但瞬間又平復，一左一右，再次掠到溫瑾面前。鐵達人一扯石平的衣襟，顫聲道：「溫姑娘，我兩人雖有不端之行，但卻是奉了令師之命……溫姑娘，我兩人與你無冤無仇，難道你就忍心令我兩人就這樣……」

他語聲顫抖，神態卑賤，縱是乞丐求食，嬰兒索乳，也比不上他此刻神情之萬一，哪裡還有半分他平日那般倨驕高傲之態？說到後來，更是聲淚齊下，幾乎跪了下去。

卓長卿見到這般情況，心中既覺輕蔑，又覺不忍，長歎一聲，緩緩接口道：「生命當真是這般可貴麼？」

鐵達人語聲一頓，呆了一呆。卓長卿接口又道：「生命固是可貴，但你兩人可知道，世上也並非全無更比生命可貴之物。你兩人昂藏七尺，此刻卻做出這種神態，心裡是否覺得難受？」

鐵達人呆了半晌，垂首道：「好死不如歹活，此話由來已久。我們年紀還輕，實在不願……實在不願……」

石平截口道：「閣下年紀與我等相若，正是大好年華，若是閣下也一樣遇著我等此刻所遇之事，只怕……」

垂下頭去，不住咳嗽。

卓長卿劍眉一軒，朗聲道：「生固我所欲也，義亦我所欲也，兩者不可得兼，捨生而取義耳！」

語聲一頓，突然想到這兩人自孩提之時，便被尹凡收養，平日耳濡目染，盡是不仁不義之事，若想這兩人瞭解這種聖賢之言，豈是一時能以做到之事？正是：「人之初，性本善，苟不教，性乃遷……」這兩人有今日卑賤之態，實在也不能完全怪得了他們。

要知道卓長卿面冷心慈，生性寬厚，一生行事，為己著想得少，為人著想得多，此刻一念至此，不禁歎道：「溫如玉此刻是在何處，我與溫姑娘俱不知道。但今夜她卻定要到昨夜那廟堂之中，與我兩人相會，你等不妨先去等她！」

溫瑾冷笑一聲，目光望向天上，緩緩道：「其實以這兩人的為人，還不如讓他們死了的好。」

卓長卿乾咳一聲，似是想說什麼，卻又忍住，揮手道：「你兩人還不去麼？」

目光一抬，卻見鐵、石兩人，竟是狠狠地望著溫瑾，目光中滿含怨毒之意，良久良久，才自轉過身來，面向卓長卿抱拳一揖，沉聲說道：「青山不改，綠水長流，再見有期！」

兩人唰地擰腰掠去。溫瑾望著他兩人的身影，恨聲說道：「若依著我的性子，真不如叫這兩人死了的好。」

卓長卿一整面容，緩緩說道：「人之初，性本善，世上惡人多因環境使然，再無一人生來便想為匪為盜的。能使一惡人改過向善，更勝過誅一惡人多多。瑾兒，為人立身處世，總該處處以仁厚為懷。這樣的話，你以後不要說了。」

溫瑾面頰一紅，緩緩垂下頭去。她一生嬌縱，幾曾受人責備？但此刻聽了卓長卿的言語，卻連半句辯駁之言也說不出口。

一陣山風，吹起了她鬢邊的亂髮。她突然覺得一隻寬大溫暖的手掌，在輕輕整理著她被風吹亂了的髮絲，又似乎在輕輕整理著她心中紊亂的思緒，於是她終於又倒向他寬闊的胸膛，去享受今夜暴風雨前片刻的寧靜。

然而暴風雨前的臨安，卻並沒有片刻寧靜。隨著時日之既去，臨安城中的武林群豪，人人心中都在焦急地暗中自念：「距離天目之會，只有兩三天了，兩三天了……」

這兩三天的時間，在人們心中，卻都似不可比擬的漫長。

久已喧騰人口的天目之會，在人們心中，就彷彿是魔術師手中黑巾下的秘密，他們都在期待著這黑巾的揭開。這心境的確是令人難以描述，只有思春的怨婦等候夫婿歸來時的心情，差可比擬萬一。

從四面潮水般湧來的武林豪士，也越來越多。慷慨多金的豪士們，造成了臨安城畸形的繁華，城開不夜，笙歌處處，甚至連鄰縣的掘金娘子，也穿上她們珍藏的衣衫，趕集似的趕到臨安城來。

凌晨，青石板的大路，三五成群、把臂走過的是酒意尚未全消的遲歸人。花街柳巷中的婦人，頭上也多了些金飾，迎著初升的陽光，伸著嬌慵的懶腰，心中卻早已將昨夜的甜言蜜語、山盟海誓全部忘去。

一陣沉重的腳步聲，一聲沉悶的咳嗽，多臂神劍雲謙父子，精神抖擻地從徹夜未關的店門中大步走了出來，目光四下一掃，濃眉微微一皺，踏著青石路上的斜陽，走到他們慣去的茶屋。長日漫漫，如何消磨，確是難事。

遲歸的人雖多，早起的人卻也有不少，江湖中人們的優劣上下，在其間一目便可了然。多臂神劍一生行走江湖，俱是循規蹈矩，從未做過越軌之事，此刻漫步而行，對那般夜行遲歸人的點首寒暄，俱都只作未聞，只當未見。

一個雲鬢蓬亂，脂粉已殘的婦人，右手挽著髮髻，左手扣著右襟，拖著金漆木屐，從一條斜巷中踏著碎步行出，匆忙地走入一家布店，又匆忙地行去，腋下卻已多了一方五色鮮豔的花絹，眉開眼笑地跑回小巷，於是小巷中的陰影，便又將她的歡笑與身影一齊吞沒。

生活在陰影中的人們，似乎都有著屬於他們自己的歡樂，因為這些墮落的人，靈魂都已被煎熬得全然麻木，直到一天，年華既去，永不再來，他們麻木的靈魂，才會醒覺，可是——

那不是已經太遲了麼？

雲謙手捋長髯，沉重地歎息一聲，緩緩道：「日後回到蕪湖，你不妨去和那三班大捕郭開泰商量一下，叫他將蕪湖城中的花戶，盡力約束一下。」

仁義劍客雲中程眼觀鼻，鼻觀心地跟在他爹爹身後，恭聲道：「一回蕪湖，我便去辦此事，爹爹只管放心好了。」

雲謙微喝一聲，又道：「自古以來，淫之一字，便為萬惡之首，不知消磨了多少青年人的雄心，大丈夫的豪氣，當真可怕得很，可怕得很。」

話聲頓處，轉身走入茶屋。店小二的殷勤，朋友們的寒暄，使得這剛直的老人嚴峻的面容上，露出了朝陽般的笑容。

茶屋中一片笑聲人語。笑語人聲中，突然有陣陣叮咚聲響，自屋後傳來。雲謙濃眉一皺，揮手叫來堂倌，沉聲問道：「你這茶屋後房在做什麼？怎生這般喧亂？」

睡眼惺忪的堂倌，陪上一臉職業性的笑容，躬身說道：「回稟你老，後面不是我們一家老闆，請你老原諒則個！」

雲謙「哦」了一聲，卻又奇道：「後面這家店鋪，卻又作何營生，怎的清晨便這般忙碌？」

堂倌伸手捂著嘴唇，壓下了一個將要發出的呵欠，四顧一眼，緩緩道：「回稟你老，隔壁這家店做的可是喪氣生意，專做棺材。」

多臂神劍濃眉一軒，卻聽這堂倌接著又道：「他們這家店本來生意清淡得很，可是近些日子來可真算發了財啦，不但存貨全部賣光，新貨更是日日夜夜地趕著做。前面三家那間本是做木器生意的，看著眼紅，前天也改行做起棺材來了。我只怕他們做得太多了，賣不出去，他們卻說再過三四天，生意只會越來越好。你說這些人可恨不可恨，只巴望遠處到這裡來的人，都……都……都……」

他嘮嘮叨叨地說到這裡，突聽雲謙冷哼一聲，目光閃電般向他一掃。

他嚇得口中一連說了三個「都」字，伸手一掩嘴唇，只見這老人利劍般的目光，仍在望著自己，直到另有客人進來，他才如逢大赦般大喝一聲：「客來！」轉身跑了。

一時之間，雲謙只覺那叮咚之聲，震耳而來，越來越響，似乎將四下的人聲笑語，俱都一齊淹沒。

直到雲中程見了他爹爹的神態，猜到了爹爹的心事，乾咳一聲，亂以他語，多臂神劍雲謙方從沉思中醒來。

茶居兼售早膳，本是江南一帶通常風氣，但雲謙今日心事重重，哪有心情來用早點？方自略為動了幾箸，突地一陣奇異的語聲，自店外傳入，接著走入三個奇裝異服，又矮又胖的人來。

只見這三人高矮如一，肥瘦相同，身上的裝束打扮，竟也是完全一模一樣，俱都穿著一襲奇色斑斕的彩衣，日影之下，閃閃生光，腰邊斜佩一口長劍，劍鞘滿綴珠寶，襯著他們的奇裝異服，更覺絢奇詭異，無與倫比。

這三人昂首闊步地行入店中，立刻吸引了店中所有人們的目光。

店夥既驚且怪又怕，卻又不得不上前招呼。哪知這三人不但裝束奇怪，所操言語，更是令人難懂，幾許周折，店夥方送上食物。這三人大吃大喝，箕踞而坐，竟將旁人俱都沒有放在眼中。

多臂神劍壯歲時走南闖北，遍遊天下，南北方言，雖不甚精，卻都能通，此刻與他愛子對望一眼，心中已有幾分猜到這三人的來路。

只見面街而坐的一人，一筷夾上一盆干絲，齊地捲到口中，咀嚼幾下，突然一拍桌子，大聲道：「時衰鬼弄人，我哋好撞不撞，點會撞到嗰條靚仔，武功咁使得，唔系我見機得快呀，我把劍早就唔知飛去邊度啦！」

他說話的語聲雖大，四座之人，面面相覷，除了多臂神劍之外，卻再無一人能夠聽懂。

雲謙濃眉微皺，低語道：「此人似是來自海南一帶，說是遇見一個少年，武功絕高，若非他能隨機應變，掌中長劍都要被那少年震飛！」

語聲微頓，目光一轉，又自奇道：「這三人看來武功不弱，卻不知那少年是誰？難道……」

話猶未了，卻聽另一人已自接道：「細佬，咪吵得咁巴閉好嗎？人咁多，吵生曬作乜哇？」

雲中程目光中滿含詢問之意，向他爹爹望了一眼。雲謙含笑低語道：「人多耳雜，此人叫他兄弟不要亂吵。」

只聽第三人道：「大佬，我聽佢自報姓名，唔知系唔系叫作卓長卿。呢條靚仔年紀輕輕，又無聲名，點解武功咁犀利呀？」

雲謙濃眉一揚，沉聲道：「此三人所遇少年，果然便是長卿賢侄，不知他此刻在哪裡？」

只聽最先發話之人突地冷笑一聲，道：「武功犀利又有乜用，一陣間佢如果撞著山上嗰班友仔，咪系一樣要倒楣，只怕連屍骨都無人收呢！」

雲中程見到這三人奇異的形狀，聽到這三人奇異的言語，心中不由自主地大生好奇之心，方待再問他爹爹這三人此刻所說之語是何意思，哪知雲謙突地低叱一聲，道：「走！」匆匆抛下一錠碎銀，長身離桌而去。

雲中程既驚又奇，愕了一愕，跟在雲謙身後，奔出店外。

只見雲謙銀鬚飄動，大步而行，三腳兩步，走到街口，一腳跨上一輛停在街邊的馬車，連叱快走。

馬車夫亦是驚奇交集。雲謙又自掏出一錠銀子，塞進他的手掌，沉聲道：「天目山去！」

燦耀的白銀，封住了馬車夫的嘴，也壓下了他的驚奇之心，等到雲中程趕到車上，車馬已自啟行，片刻便駛出城外。

雲中程側目望去，只見他爹爹面色凝重，濃眉深皺，心中納悶了半晌，終於忍不住問道：「方才那人說的究竟是什麼？怎會令爹爹如此驚慌？」

雲謙長歎一聲道：「你長卿弟孤身闖入虎穴，只怕有險。唉，卓大哥對我恩深如海，我若不能為他保全後代，焉有顏面見故人於地下？」

雲中程劍眉皺處，不再言語。只聽車聲轆轆，蹄聲得得，車馬趲行甚急，雲中程雖已成家立業，且已名動江湖，但在嚴父之前，卻仍不敢多言。探首自車窗外望，突然驚噢一聲，脫口道：「光天化日之下，怎的有如此多夜行人在道路之上行走？」

雲謙目光動處，只見數十個黑衣勁裝、滿身夜行衣服的大漢，沿著官道之旁，一個接著一個，默然而行，面上既不快樂，也不憂鬱，不禁微皺濃眉，詫聲說道：「這些漢子定是某一幫派門下……」

車行甚急，說話之間，已將那一行幾達十數丈的行列走過，突地瞥見行列之尾，一架松木架成的搭床之上，僵臥著一個乾枯瘦小的黑衣人，面目依稀望去，竟似喬遷，不禁失聲道：「喬遷！」

伸手一推車門，唰地掠下車去。雲中程低叱一聲：「停車！」隨之掠下。

雲謙微一起落，便已追及抬床而行的大漢，口中厲叱一聲，一把扯著他的後襟。那大漢大驚之下，轉首喝道：「朋友，你這是幹什麼？」

雲謙從來血性過人，一生行事，俱都稍嫌莽撞，臨到老來，卻是薑桂之性，老而彌辣，此刻一眼瞥見喬遷全身僵木，面如金紙，似是受了極重的內傷，心中但覺一股怒氣上湧，厲叱道：「誰是你的朋友！」

手腕一抖，那大漢雖然身強力壯，卻怎禁得起這般武林高手惱怒之下的腕力，手腕一鬆，驚呼了一聲，仰天倒下。

這一聲驚呼，立刻由行列之尾，傳到行列之頭。那大漢雖已仰天跌倒，但卻未受傷，雙肘一挺，挺腰立起，怒目圓睜，忽然一掌，向雲謙面門擊去，但拳到中途，耳邊只聽一聲厲叱：「鼠輩你敢！」

肋下突地一麻，全身力氣，俱都消失無影，竟又撲地跌倒。

本自有如長蛇般的一條行列，列首已向後圈了回來，剎那之間，便已將雲氏父子圍在核心。雲謙沉聲道：「中程，你且先看看喬大哥的傷勢。」

突然轉身過來，厲叱：「你等是何人門下？」

這一聲厲叱，直震得眾人耳鼓嗡嗡作響。圍在四周的數十個黑衣大漢，竟都被他的氣度所懾，再無一人敢踏前一步。

多臂神劍雙臂斜分，雙拳緊握，目光如電，鬚髮皆張，睥睨四顧一眼，心中豪情頓生，似乎又回復到多年前叱吒江湖的情況。要知雲謙近年雖已閉門家居，但武功卻未嘗一日拋下，正是老驥伏櫪，其志仍在千里，此刻見到這班漢子的畏縮之態，憶及自己當年的英風豪氣，不禁縱聲狂笑起來。

突見黑衣漢子叢中，挺胸走出一條大漢。雲謙笑聲倏頓，目光一凜，向前連踏三步，厲聲道：「你等是何人門下，難道連老夫都不認識麼？」

目光一轉，不等那漢子接口，又道：「喬遷身中何傷，被何許人所傷，快些據實說來，否則……哼！哼！」

「否則」兩字出口之後，他只覺下面之言語，若是說得太過狠辣，便失了身分，若是說得太過平常，又不足以令人懾怕。心念數轉，只得以兩聲冷哼，結束了自己的話。

哪知那漢子身軀挺得筆直，微微抱拳一禮，朗聲說道：「在下唐義，老前輩高姓大名，在下不敢動問，但想請問一句，老前輩與這喬遷究竟有何關係？」

多臂神劍濃眉一軒，沉聲喝道：「喬遷乃以父執輩尊我，老夫亦以子侄般照顧他。喬遷此番身受重傷……」

唐義突然驚呼一聲，接口說道：「老前輩可是人稱多臂神劍的雲大俠？」

雲謙反而一呆，沉吟半晌，方道：「你怎會認得老夫！」

唐義肅然道：「蕪湖雲門，父子雙俠，名滿天下。在下雖然愚昧，但見了老前輩的神態，聽了老前輩的言語，亦可猜出幾分。」

雲謙鼻中「嗯」了一聲，突又問道：「你是何人門下，你叫什麼？」

唐義心中暗道：「多臂神劍當真老了，我方才自報姓名，他此刻卻已忘記。」

但口中卻肅然道：「在下唐義，乃蜀中唐氏門人！」

雲謙濃眉一陣聳動，詫然道：「蜀中唐門？你便是唐三環門下？」語聲微頓，皺眉又道：「據老夫所知，喬遷與蜀中唐門毫無瓜葛，怎會重傷在你等手下？」

唐義俯首，沉吟半晌，突然仰首道：「老前輩俠義為懷，每以君子之心度小人之腹，是以對喬遷之為人，或尚不甚了然。」

雲謙冷哼一聲道：「說下去！」

唐義又自沉吟半晌，方道：「若是別人相問在下，在下也許不會說出實情。但老前輩俠義之名，名滿天下，在下因仰慕已久，是以晚輩才肯說出此中真相。」

雲謙軒眉道：「難道此事之中，還有什麼隱秘不成？」

唐義恭聲道：「喬遷實非我弟兄所傷。老前輩當可看出以我兄弟的武功，實不能傷得了他。」

雲謙厲聲道：「傷他之人是誰？」

唐義深深吸進一口氣，舉目望向天上。此刻日已是中天，萬道金光，映得大地燦爛輝煌，他雙眉一揚，朗聲道：「此人名叫太陽君子。」

多臂神劍詫聲問道：「太陽君子？」

他一生闖蕩武林，卻從未聽過如此奇異的名號，當下既奇且怪，接口道：「武林中何來如此一號人物？」

唐義朗聲道：「此人雖然年輕，但不僅武功高絕，行事為人，更是大仁大義。據小可所知，武林中除卻此人之外，再難有人能當得起『太陽君子』四字！」

雲謙道：「此人是何姓名？」

唐義朗聲道：「此人姓卓，名……」

雲謙接口道：「卓長卿？」

唐義揚眉奇道：「正是。老前輩難道也認得他麼？」

多臂神劍雲謙仰首一陣大笑，笑聲中充滿得意之情，更充滿驕傲之意，朗朗的笑聲，立時隨著太陽君子卓長卿七字，在原野中散佈開去。

笑聲之中，雲中程突然長身而起，驚喝一聲道：「無影神針！」

原來仁義劍客雲中程一生行事，極是謹慎仔細。方才他俯身檢視喬遷的傷勢，見到留在喬遷穴道外的半截烏針，心中已自猜到幾分。但他未將事實完全澄明以前，既不願隨口說出，亦不願隨手拔下，當下仔細檢視良久，先閉住喬遷陰厥肝經、左陽少脈附近的七虎穴道，然後再以一方軟絹敷在手上，拔下烏針，確定實乃無影神針，再無半分疑義之餘，方自脫口驚呼出來。

多臂神劍雲謙心頭一震，倏然轉過身去，沉聲道：「莫非喬遷乃是被無影神針所傷？」

雲中程面寒如水，肅然道：「正是！」

多臂神劍大喝一聲，擰腰錯步，唰地掠到唐義的身前，厲叱道：「無知稚子，居然敢欺騙起老夫來了！」

唐義雙眉一揚，挺胸道：「在下所說，字字句句俱都是實言，若有半分欺騙老前輩之處，任憑發落就是！」

雲謙冷笑一聲，道：「卓長卿乃是昔年大俠卓浩然之子，與老夫兩代相交。」

說到「卓浩然」三字，他胸膛一揚，目光一亮；說到「兩代相交」四字，他話聲更是得意驕傲，意氣飛揚，稍頓方自接道：「卓長卿的為人行事，老夫固是清清楚楚，他的武功家教，老夫更是瞭若指掌。你若想明言瞞騙老夫，豈非癡人說夢？」

唐義朗聲道：「喬遷實為太陽君子所擒，但身中的暗器，卻是卓大俠身旁的一位姑娘所發。在下絕無相欺之心，老前輩休得錯怪！」

雲謙濃眉一軒，奇道：「他身側還有一位姑娘？姓甚名誰？長得是什麼模樣？」

唐義躬身道：「那位姑娘像是姓溫。只因她是卓大俠之友，在下未敢平視，只覺她豔光照人，美如天仙，武功亦是高明已極。」

雲謙心中不禁更為之大奇，俯首沉思半晌，又自奇道：「你且將此事經過詳細說出！」

唐義乾咳一聲，便將喬遷如何攜製造無影神針之圖樣，說動唐氏門人，如何潛至天目山中，如何隱於木棺以內，如何被卓長卿發覺等等事情，一一說將出來。

只聽得雲謙時而揚眉瞠目，時而拍掌怒罵。他再也想不到，喬遷竟是如此卑鄙狠辣的鼠輩。

唐義語聲一了，雲謙直氣得雙目火赤，鬚髮皆張，大怒叱道：「好個喬遷，真正氣煞老夫。」

雲中程卻皺眉奇道：「長卿弟怎會與那姓溫的姑娘走到一處？」語聲稍頓，又道：「他此刻若是留在天目山中，不知何時會遇到危險，爹爹，我們還是……」

雲謙接口道：「正是，正是，還是快去接應他。」目光冷然向喬遷一掃：「這等卑鄙之徒，若非老夫此刻有事，真要先打他幾拳出出惡氣！」

日方西落，車馬已到天目山口。雲氏父子為關心卓長卿安危，卻忘了天目山中的險境，各自展動身形，直闖上山。為人之危，忘己之險，這正是俠義道的心性，也正是大丈夫的本色。

山徑曲折，林木夾道，卻一無人跡。江湖中人俱知此山中，此時已是四伏危機，但看來卻又仍和平日一樣，絲毫沒有奇異之處。雲氏父子雖知卓長卿定在此山，但山深路殊，卻不知該如何尋去。

日色漸漸西沉，暮雲漸生漸濃。絢爛的夕陽，映入林梢，映在濃林間的一片空地上。柔草如茵，夕陽下望去有如金色的夢。

林梢間寂靜無聲，草地上寂靜無人，密林後突然傳出一聲幽幽的歎息，一個嬌柔甜美的聲音輕輕說道：「天已經晚了。天為什麼晚得這麼快！」

幽怨的語聲，低沉而緩慢，使得這平凡的語句，都化作了悅耳的歌曲。

回聲嫋嫋，又歸靜寂良久，又是一聲歎息，一個低沉聲音道：「天真的晚了，天真的晚得很快。」

語聲落處，又是一陣靜寂。

然後，那嬌柔甜美的聲音又自幽幽一歎，道：「你餓了麼？你看，我真是糊塗，東西拿來了，卻沒有弄給你吃。」

隨著語聲，濃林中漫步走出嫣然笑著的溫瑾。她一手輕撫雲鬢，一手提著一隻鏤花竹籃。她面上雖有笑容，但秋波中卻充滿幽怨之意。

她輕輕俯下身，將手中的竹籃，輕輕放在夢一般柔軟的草地上，輕輕啟開竹籃，輕輕取出一方淺綠色的柔絹，輕輕鋪下。

然後，她發覺身後緩緩走來一條頎長的人影，夕陽，將他的人影長長拖在草地上，也長長地印在她身上。

她不用回顧，也毋庸詢問。

她只是輕輕合上眼簾，柔聲道：「飯還沒有做好，你就跑來，真討厭死了。」

忽見身後的人影舉起一隻手掌，向自己當頭拍了下來。

風聲虎虎，掌式中似蘊內勁。溫瑾心中一驚，忖道：「難道他不是長卿？」大喝一聲：「是誰？」

挺身站起，擰腰一掌劈去，只見身後那人手掌一拍，向自己掌上迎來，兩掌相擊，「啪」的一聲，溫瑾只見對方小小一隻手掌，卻似汪洋大海，將自己掌上內力，全部化解開去。

剎那之間，她心頭一顫，抬目望去，卻見卓長卿板著面孔站在面前，冷冷道：「你在說誰討厭？」

話聲未了，已自失聲笑了起來。

笑聲越來越響，溫瑾嚶嚀一聲，嬌聲道：「你……你不但討厭，而且壞死了。」

卻見卓長卿已笑得彎下腰去。

溫瑾小嘴一努，將他轉了個身，遠遠地推了開去，嬌嗔著道：「你要是不站遠一些，我就不弄東西給你吃。」

卓長卿連連應道：「是，是，我一定站得遠遠的。」

溫瑾道：「這才是乖孩子。」

嫣然一笑，轉身走了兩步，卻又忍不住嫣然回眸，「噗哧」笑出聲來。

卓長卿呆呆地望著她的背影，只見她柳腰纖細，粉頸如雲，夕陽下的美人，彷彿比平日更要美上好幾分。只見她手忙腳亂地從籃中取出許多東西，一一放在那方柔絹上，又拿了些小瓶小罐，東撒一點鹽巴，西灑一點醬油。

卓長卿只覺一陣暖意，自心底升起，忍不住問道：「做好了麼？」

溫瑾回眸笑道：「做是做好了，我偏要你再等一等。」

卓長卿苦著臉道：「我等不及了。」

溫瑾咯咯笑道：「看你這副饞樣子！好好，今天就饒你一次，快來吃吧！」、

卓長卿大步奔了過去，重重坐在溫瑾身旁。溫瑾夾了一塊白切雞，放在他口邊，他張開大口，一口吃了。溫瑾仰面道：「你說，你說好吃不好吃？」

秋波如水，吐氣如蘭。卓長卿緩緩伸出手掌，輕輕一撫她鬢邊亂髮。此時此刻，他只覺心中俱是柔情蜜意。要知他自幼孤獨，便是普通幼童的黃金童年，他也未曾享受，而此情此景，他更是在夢中也未曾想到。

溫瑾望著他出神的面容，又道：「你說，好不好吃嘛？」

卓長卿笑道：「你再夾一塊給我吃吃。這麼小的一塊，我連味道都沒有吃出哩。」

溫瑾笑罵道：「饞鬼！」

又夾了三塊雞肉，一齊放在他嘴裡。

卓長卿咀嚼半晌，笑道：「好吃好吃……只是，只是……」

溫瑾道：「只是什麼？」

卓長卿哈哈笑道：「我還以為你和鹽巴店結了親家，不然怎會鹹得這般嚇人。」

溫瑾嚶嚀一聲，夾起一條雞腿，一下塞到他的口中，嬌嗔道：「鹹死你，鹹死你，我就要鹹死你。」

話未說完，又咯咯地笑了起來。

這兩人俱是遭遇淒苦，身世孤獨，但此刻彼此相對大笑，一生中的寂寞孤苦，似乎都已在笑聲中消去。

笑了半晌後，一聲蟲鳴，兩人笑聲突地一齊頓住，你呆呆地望著我，我呆呆地望著你。良久良久，溫瑾突地幽幽歎道：「天越來越黑了。」

卓長卿茫然仰視一眼，一弦明月，已自林梢升起。他不禁也歎道：「月亮升起來了。」

溫瑾緩緩垂下頭，道：「不知道……不知道溫如玉她……她可是已經去了。」

卓長卿緩緩道：「只怕還沒有去吧？現在……現在還不到晚上嘛！」

溫瑾道：「但是她畢竟是快去了，晚上……晚上已經到了。」

突地一合眼瞼，兩行晶瑩的淚珠，奪眶而出，順腮流下。

一時之間，兩人默然相對，方才的歡笑，已被憂鬱代替。

他們雖想以歡笑來麻木自己，但歡笑卻終究掩不住殘酷的現實，因為今宵便可決定他們這一生的命運，甚至還可以決定他們的生命。

面對著那武功高絕的深仇大敵，他們誰也沒有把握可以制勝，而不能制勝的後果是什麼，他們心裡已清楚得很。

卓長卿輕輕撫住她的肩頭，只見她緩緩抬起頭來，仰面道：「長卿，你能不能告訴我，為什麼人們的相會，總比別離短暫？」

林梢漏下的朦朧月色，映著她淚水晶瑩的秋波，卓長卿暗問自己：「為什麼相會總比別離短暫……為什麼相會總比別離短暫……」

他細細咀嚼著這兩句話的滋味，只覺悲從中來，不可斷絕。

溫瑾伸手一拭眼瞼，強顏一笑，輕輕道：「明日此刻，我們若還能到這裡來，我一定在白切雞上少放一些醬油、鹽，免得你說我和他們結了親家。」

卓長卿垂首不語。

溫瑾又道：「方才你在我身後劈我一掌，我真的以為是玉郎畢四，哪知你看來老老實實，其實卻未見得有多老實哩！」

卓長卿仍是垂首不語。

溫瑾道：「最可笑的是玉郎畢四那副自我陶醉的樣子，我心裡只要一想起來，就忍不住要笑。」

掩口笑了兩聲，笑聲中卻全無笑意。

卓長卿依然垂首不語。

溫瑾出神地向他望了半晌，突地幽幽一歎，緩緩說道：「你難道不能高高興興地和我說話麼？你難道不能將心裡的事，全部拋開？你難道……」

語聲一陣哽咽，忍不住又流下淚來。

雲氏父子滿山而行，只覺月亮越升越高，山風越來越寒，多臂神劍雲謙心中越焦躁，皺眉道：「中程，天目山中，此刻怎的全無動靜？這倒怪了！」

語聲微頓，又道：「你我最好分做兩路。倘若遇不到長卿，等月亮升到山巔，我們便到這裡來。若是遇著了他，也將他帶到這裡。」

雲中程沉吟道：「人孤勢單，若是遇著敵人……」

多臂神劍環眉軒處，接口道：「你當你爹爹真的老得不中用了麼？」

雲中程肅然一垂首，再也不敢言語。

雲謙道：「你認清了這裡的地形，就快些往西鴻寺，知道了麼？」

一捋銀鬚，當先向東面掠去。

雲中程暗中歎息一聲，四顧一眼，緩步西行，走了幾步，又不放心，回首而望，但爹爹卻已不知走到哪裡去了。

空山寂寞，風吹林木，突地一陣人聲，隨風自山彎後傳出。雲中程心頭微微一凜，倏然四顧一眼，只見一株千年古樹，凌空橫曳，枝幹蒼虬，木葉沉鬱，茁壯的樹幹間，卻有幾處空洞。

他一眼瞥過，便不再遲疑，嗖的一個箭步，掠上樹幹，俯身向一個樹窟中鑽了進去，又輕快地拉下枝葉，作為掩飾。仁義劍客名滿江南，武功自不弱，但行事的謹慎仔細，遇事的決斷機智，卻是他之能以成名的主要因素。

剎那之間，他已隱身停當，而此刻山彎後亦已走出了兩個容貌頹敗，神氣沮喪的黃衫少年來。其中一人，神情尤見落寞，目光低垂，不住長歎；另一人搭住他的肩頭，緩緩道：「你難受什麼？事情既已做出，難受也沒有用了。好在我相信以溫如玉的為人，既然說出事成後便定為我們解開穴道，想必不會食言背信。再等半晌，我們到那古廟中去……」

另一人突地長歎一聲，抬起頭來，接口道：「她縱為我們解開穴道，只怕我們也活不長了。」

又自垂首接道：「弒師之罪，是為天下難容，日後只怕不知道要有多少人會來……唉，達人，你說是麼？」

鐵達人「嗤」地一聲冷笑，道：「錯了！」

石平歎道：「萬萬不會錯的。弒師之罪……唉，萬萬不會錯的。」

鐵達人冷冷道：「西施與夫差，是否弒夫？弒夫是否亦是大罪？但天下人不說西施之淫惡，反道其人之貞善，這是為的什麼，你可知道？」

石平呆了一呆，道：「但……」

鐵達人隨身在那古樹下的一塊平石上坐了下來，接口道：「我奇怪你的腦筋怎的有時這般呆板？萬妙真君尹凡惡名在外，你我只要稍加花言巧語，武林中人只道你我大義滅親，誇獎稱讚還來不及，怎會對我二人不利？」

石平目光一轉，望向鐵達人，突地哈哈大笑起來，說道：「不錯，不錯……」

兩人相對大笑，直聽得雲中程雙眉劍軒，怒憤填膺，幾乎忍不住要下去將這兩個不仁不義的惡徒痛毆一頓，以消胸中惡氣。

突地，對面山道上，冉冉湧起一條人影，雲中程目光動處，心中立時為之一凜：「溫如玉這魔頭竟也來了。」

只聽樹下的兩個黃衫少年笑聲猶未絕，溫如玉枯瘦頎長的身影，卻有如幽靈般越來越近……

雲中程只覺心頭狂跳，手掌冰冷，卻不知是為了自己，抑或是為了這兩個不仁不義的黃衫少年擔心呢？

笑聲驀地一頓，風穿枝葉，枝葉微顫，只聽溫如玉陰惻惻一笑，道：「我讓你們辦的事，可曾辦好了麼？」

鐵達人、石平齊地應道：「是……」

溫如玉冷冷笑道：「很好！」腳下不停，身形依然冉冉隨風飄動，向山巒那邊飄去。

鐵達人、石平對望一眼，忍不住齊喝一聲：「溫老前輩！」

溫如玉回身厲叱：「什麼事？」

鐵達人垂首道：「晚輩們身中的七絕重手，已經過了將近十二個時辰了！」

溫如玉冷冷道：「還有三十多個時辰好活……」

鐵達人面容驀然一變，顫聲道：「晚輩們已遵老前輩之命，將毒……將毒……下在家師的茶杯裡，而且親眼看見他喝了下去，但望老前輩……」

溫如玉冷笑一聲，道：「遵命？哼，哪個叫你下毒的？」

石平變色道：「老前輩你……」

溫如玉冷冷道：「你且將我昨夜說的話仔細再想一遍，我可曾命你們做過什麼？又可曾答應過你們什麼？」

石平顫聲道：「但……但是……」

緩緩垂下頭去。

溫如玉冷笑道：「我昨夜只是將那迷藥拋在地上，是麼？」

鐵達人顫聲道：「但老前輩又說……」

溫如玉目光一凜，接口道：「我說了什麼？」

鐵達人道：「老前輩說：這包藥無色無味，隨便放在茶裡、酒裡、湯裡都可以，而且……」

語聲一頓，無法繼續。

溫如玉冷笑道：「你資質的確在普通人之上，記憶力也可稱得上是上上之選。我還說了些什麼，你自己也記得清清楚楚，那麼……我可曾叫你下毒在尹凡茶裡？」

鐵達人、石平對望一眼，兩人突然一齊跪了下去，鐵達人道：「晚輩們年幼無知，但望老前輩高抬貴手，救晚輩一命！」

溫如玉冷冷一笑，緩緩道：「我並未叫你下毒是麼？」

鐵達人伏身道：「老前輩並未叫晚輩下毒。」

溫如玉緩緩道：「我既未命你等下毒，又何曾答應過為你等解開穴道？」

鐵達人顫聲道：「老前輩雖未答應，但……」

溫如玉突然仰天長笑起來，笑聲尖銳刺耳，笑聲中充滿輕蔑之意，隱在樹窟中的雲中程不禁為之暗歎一聲。卻聽溫如玉笑聲突又一頓，緩緩道：「七絕重手，失傳百年，當今天下，只有一人會使，此人自然便是我了！也只有一人能解，此人你等可知道是誰？」

鐵達人、石平齊地愕了一愕，道：「自然也是老前輩了。」

溫如玉仰天大笑道：「錯了，錯了，普天之下，唯一能解七絕重手之人，並非是我。」

鐵達人脫口驚道：「是誰？」

溫如玉笑聲再次一頓，冷冷道：「此人乃是被你們毒死的尹凡！」

此話一出，就連雲中程都不禁為之一驚。鐵達人、石平更是面如死灰，呆了半晌，心中仍存一線希望，哀聲道：「老前輩……晚輩們……」

溫如玉冷冷道：「你們難道以為我在騙人麼？」

鐵達人垂首道：「晚輩不敢，但……」

溫如玉緩緩道：「昔年我得到這七絕重手的不傳秘笈時，共有兩卷，上卷是練功心法，下卷除了解法之外，還有一篇煉丹秘錄，那時我……」

她抬頭望向天上，目光中似乎又閃過一絲輕紅的光彩，雖是一閃而沒，但卻已足夠令人看出她往事中的隱秘。

等到這光彩消失的時候，她面容便又立刻回復到方才的冷漠，接口道：「那時我一心以為你們的師父是個好人，絲毫未曾防範於他，哪知……」

她語聲再次一頓，本已冷漠之面容上，似又加上一層寒霜：「哪知他雖有人面，卻無人心，竟乘我閉關八十一日，練這七絕重手之際，將我所藏的一些珍寶，和那秘笈的下卷一齊盜去。」

雲中程直到此刻，才知道醜人溫如玉與萬妙真君之間，竟有如此一段往事。他雖然屏息靜氣，不敢發出任何聲息，卻禁不住心頭的跳動，也禁不住冷汗的流落，因為他深知自己的行藏若是被人發現，立時便是不了之局。

夜色漸濃，他漸漸看不清溫如玉的面容，但卻可聽得出她語聲中含蘊的情感——竟是混著悲憤、幽怨與哀痛的情感。這種情感竟會發自醜人溫如玉的口中，實在令雲中程無限驚異。

鐵達人、石平雙雙伏在地上，聽溫如玉將話說完，兩人面面相覷，只聽溫如玉又自一聲梟鳥夜啼般的冷笑，仰天笑道：「尹凡呀尹凡，我總算對得起你，讓你在黃泉路上也不會寂寞，你這兩個心愛的徒弟，馬上就要去陪著你了。」

袍袖一拂，再次冉冉向山後飄去。石平雙拳緊握，唰地長身而起，似要筆直向她撲去，卻被鐵達人一把拉住衣襟。

只聽鐵達人沉聲道：「你要幹什麼?你我豈是這魔頭的敵手?」

石平雙目圓睜，低叱道：「縱非她之敵手，也要找她拚上一拚，反正……」

鐵達人突地微笑一下，接口道：「你以為我們再無生路了麼?」

石平一愕，訥訥道：「難道……難道……」

鐵達人伸手一拂膝上塵土，面目上滿露得意之色，緩緩道：「你再仔細想上一想，你我不但大有生路，而且還可多得許多好處。」

石平又自一愕，便連雲中程亦自大惑不解。只見鐵達人緩緩伸出拇、中二指，兩指相撚，啪啪發出一聲清響，含笑道：「那卷秘笈的下卷，既然載有解法，你我只要快些趕回去，將那卷秘笈尋出，豈非對你我……」

語聲未了，石平已自大喜接口道：「你心智之靈巧，的確非我能及，但是那卷秘笈是在何處，難道你已胸有成竹麼？」

鐵達人仰天一陣狂笑，突地笑聲一頓，上下瞧了石平兩眼，緩緩道：「三弟，你我自幼相處，交情可算不錯，但我還覺得你稍嫌狂傲，有些事，一意孤行，根本就未將我這個師兄看在眼裡。」

石平目光一轉，陪笑道：「小弟年紀輕些，有許多事是要師兄多多包涵一二。」

鐵達人嘿地笑了一聲，道：「這個自然，但……但再過兩年，你的年紀就不輕了……」

石平連忙接口道：「日後我對師兄，必定加倍的恭敬，再也不敢有不恭之事了。」

雲中程隱身暗處，聞之不禁暗歎。這師兄弟兩人，不但對人奸詐，就連對自己兄弟，竟也是這般鉤心鬥角，互不相讓，看來天下人的善惡之分，當真是判如雲壤的了。

只聽鐵達人嘻嘻一笑，道：「你我兩人，情如兄弟，也談不到什麼恭敬不恭敬，只要你日後還有幾分記得我的好處就是了。」

石平垂首道：「自然自然，師兄的大恩大德，小弟再也不會忘記。」方才他還在你我相稱，此刻卻聲聲自稱小弟。鐵達人笑道：「其實師父那本秘笈的藏處，你也該知道，只是你平日不甚留意罷了。」

突地一聲冷笑，自上傳下，一個森冷入骨的聲音，一個字一個字地說道：「我藏在哪裡？」

鐵達人渾身一震，如中雷轟電擊。

石平惶然四顧，如臨危城，終於一伏腰身，唰地橫掠兩丈，如飛逃去。

鐵達人卻「撲」的一聲，跪了下去。

只見一條黑影，隨著一聲冷笑，自古樹對面山壁間，劃空掠下。石平方一起落，這人影便已掠在他面前，冷冷道：「你還想逃麼？」

石平慘呼一聲，連退七步，栽倒在地上。

雲中程閃目望去，只見一個高冠羽衣、丰神沖夷、神態瀟灑頎長的老人，跨過石平屍體，一步一步地走到鐵達人面前。

鐵達人伏在地上，連連叩首，道：「弟子該死，弟子該死！」

尹凡就站在那裡一動不動，也不知過了多久，冰冷的目光中，突然有了一絲暖意，歎道：「你雖有十分行惡之心，卻無一分行惡之能。你將那包迷藥倒在我茶裡，我暗中早已看得清清楚楚，只是我不知你兩人究竟為何如此，是以故作不知，又乘你兩人不見，將茶換了一壺，再當你兩人之面喝下。」

鐵達人垂下頭去，再也不敢抬起。尹凡又道：「今晨我見你兩人在我窗外看了半晌，卻又不敢入室查看，就匆匆走了，我就一直跟在你們身後。方才你兩人和那溫如玉的談話，我也在山壁上聽得清清楚楚。」

雲中程暗歎一聲，忖道：「這尹凡之能，足以濟其為惡。此人之可怕，當真是尤在蟲蛇猛獸之上，怎能讓他留在世上？」

一念至此，他心中不禁大生俠義之心，方自暗中尋思，該如何為世人除卻此害，哪知目光動處，突地又見一條人影，冉冉自山後飄出，冷冷道：「尹凡，你這樣做事，不是太不公平了麼？」

揚手一注光影，筆直擊向鐵達人身上。

鐵達人卻已一聲慘呼，在地上連滾了數滾，滾到早已氣絕了的石平身側。這兄弟兩人，終於死在一處。

尹凡大驚之下，霍然轉身，只見溫如玉枯瘦的身形，冉冉飄來，冷冷接道：「這兩人惡行如一，怎能讓他們一死一生？我生平最不慣見不平之事，索性連他也代你一併除去了的好。」

尹凡目光一轉，面色連變數次，突地微笑一聲，道：「好極，好極，我也正有此意，這等叛徒留在世上也是無用！」

溫如玉冷哼一聲，目光眨也不眨，凝注在他身上。

只見他面上笑容，越發開朗，柔聲道：「如玉，多年不見，想不到你和以前還是一樣……」

俯首長歎一聲：「這些年來……唉！我卻老得多了。」

溫如玉又自冷哼一聲，目光依舊眨也不眨地望在他身上。

尹凡緩緩伸出手掌，一撚頷下長髯，仰天一歎，又道：「歲月催人，年華不再。我每一憶及你我昔年相處的光景，就會覺得愁懷不能自遣……如玉，你可記得我們在山巔樹下，舉杯對月，共祝長生的光景……唉！我不止一次想，總覺人生如此短暫，絕無百年不散之會，倒不如彼此都在心中留下一段回憶如生。唉！這正是相見不如不見……唉！如玉，你說可是麼？」

目光轉處，只見那溫如玉仍在冷冷望著自己，突又長歎了一聲，低吟道：「此情可待成追憶，只是當……時……已……惘……然……」

溫如玉突地冷笑一聲，道：「你這些話若換了多年以前讓我聽了，只怕我又……」

嘴唇一閉，冷哼數聲。

尹凡道：「年華雖已逝去，此情卻永不變，難道今日又和以前有什麼不同麼……」

溫如玉冷笑道：「你這些花言巧語，對別人說別人也許還會上當，我卻已聽得膩了。」

尹凡呆了一呆，目光連轉數轉，終又強笑一聲，柔聲道：「如玉，我知道你心裡必定對我有許多的誤會，但是我……」

溫如玉突地厲叱一聲：「不要說了……」

緩緩垂下頭，似乎暗中歎息了一聲，仰首又道：「正如你所說，年華逝去，我已老了，老了……」

目光凝注，竟突然仰天狂笑起來，笑聲尖厲，滿含悲憤之情。

尹凡柔聲道：「你沒有老，只是……」

溫如玉狂笑一聲接口道：「年老成精，我再也不會上你的當，受你的騙了。直到此刻，你還以為你聰明，比任何人都聰明，卻不知我已比你聰明許多。」

尹凡乾咳一聲道：「你的聰明才智，一直在我之上……」

他這番恭維之言，溫如玉卻一如未聞，自管接口道：「我早就算定這兩個蠢才一定毒不倒你，也早已算定你一定會跟著他們上天目山來，果然都不出我所料。」

她狂笑數聲，接道：「以前我事事逃不出你的計算之中，現在卻輪到你了。」

尹凡故意長歎一聲，垂首無語，目光閃動間，心裡卻又在打算脫身之計。

溫如玉冷笑一聲，道：「你心裡不必再打脫身之計。這些年來，我一直苦練輕功，你如不信，儘管試試好了。」

尹凡心頭一涼，但心念轉動間，又自忖道：「她一直苦練輕功，別的功夫一定擱下很多，我如全力與她一拚，也未必不能勝她。」

溫如玉冷笑道：「你也不必想與我一較身手。若是論武功，你是萬萬不及我的。且不論別的，就只那七經秘笈上卷所載手法，就絕非你能抵擋，不然——哼哼，你若不信，也盡可試上一試。」

尹凡抬頭一愕，終於長歎道：「數年來，我一直想再見你一面，此刻怎會有脫身之意？更不會想和你一較身手。如玉，你想得未免太多了吧！」

溫如玉大笑道：「我想得太多了麼……嘿嘿，你心裡在想什麼，你自己自然知道！」

尹凡道：「我心裡在想，武林中風波如此險惡，你我年紀又都這麼大了，不如早些尋個風景幽美之處，一起度過餘年！」

他不但言語溫柔，而且語聲更極是動聽，溫如玉緩緩垂下眼簾，似乎已有幾分被他打動。

尹凡目光一陣閃動，嘴角不禁又泛起一絲笑意，柔聲又道：「如玉，你且想想，你我一生中叱吒江湖，到頭來又能留下些什麼……唉，除了你心裡還有我，我心裡還有你……」

這兩句話說得更是纏綿悱惻，盪氣迴腸。說到後來，他似乎情感激蕩，不能自已，伸手輕輕一拭眼簾，緩緩垂下頭去。

哪知溫如玉突然又仰天狂笑了起來，說道：「你心裡有我，我心裡有你……哈哈，哈哈，餘生，餘生……」

笑聲一頓：「老實告訴你，我早已沒有再活下去的念頭了，你肯陪我死嗎？」

尹凡強笑道：「如玉，好死不如歹活，你說這些話幹什麼！你我身體都還健朗，至少還可再活上十年二十年的。」

溫如玉道：「你不肯陪我去死，我不怪你。你雖對我不好，但是我也不會殺你……我……我只要你再替我做一件事……」

說到後來，她語聲中突然又有淒涼幽怨之情。

一陣濃雲，掩過月色，夜色很深了。

一陣濃雲，掩過月色，溫瑾仰面道：「夜已很深了。」

卓長卿目光一轉，道：「那古廟已在前，不知溫如玉是否已去？」

溫瑾道：「她說要去，想必一定會去的。」

伸手挽住卓長卿的臂腕，兩人舉步之間，便已掠入了古廟。夜色深沉中的佛殿，神台佛像，一無改變，垂目低眉的大佛，也依然像是在憐惜著世上的無限愁苦。但卓長卿與溫瑾的心境，今夜與昨夜卻已不知改變了多少。

人影移動，月光如夢，他倆在那神像前的蒲團上並肩坐了下來，心中正是愛恨嗔喜，百感交錯，誰也不知該說什麼。

殿後幽然轉出一片燈光下的兩條人影，一般窕窈，一般高矮。卓長卿、溫瑾一齊回首望去，一齊脫口道：「你們已來了麼？」

小玲微微一笑，將堂中兩盞銅燈，放到神台上。小瓊接口道：「我兩人早就來了，祖姑她老人家也就要來了。」

與小玲垂手立在神台邊，不再望溫瑾一眼，於是大殿中，只有這四人心氣的跳動聲，劃破了無限的沉默。

一陣風吹入殿中。微帶寒意的晚風，吹入一片落葉，也吹入一條人影，隨落葉一起冉冉飄落。

卓長卿、溫瑾、小玲、小瓊，一齊轉目望去，一齊驚呼出聲：「是你！」

這人影微微一笑，卻是尹凡，笑道：「想不到麼？」

負手踱了兩步，突地面對卓長卿，緩緩道：「恭喜世兄，令尊與令堂的大仇，今日就可報卻了。」

又負手踱了兩步，走到壁間上，望著壁上已然剝落了大半的壁畫。

一時之間，卓長卿心中反覺疑雲大起，作聲不得。只聽又是一陣風聲，殿中又自飄下一條人影。小玲、小瓊一齊呼道：「祖姑來了。」

卓長卿、溫瑾但覺心頭一凜，熱血上湧。只聽溫如玉冷冷道：「你們來得倒早！」

卓長卿、溫瑾對望一眼，溫如玉淒然笑道：「我知道你們心切親仇，連一時一刻都等不及的，是麼？」

卓長卿昂然道：「父母之仇，不共戴天，晚輩一日不能報此深仇，實是寢食難安。」

溫如玉冷笑一聲，接口道：「殺你父母的仇人，此刻俱都在你眼前。但你可曾想到過，就憑你的武功，今日要想報仇，是否可能？」

卓長卿劍眉一軒，朗聲道：「在下今日此來，早已未將生死之事放在心裡！」

溫如玉冷笑道：「有志氣，有志氣！但我一生從未占過別人便宜。」

突然自懷裡取出兩枚金光燦爛的圓筒，冷冷接口又道：「這兩筒五雲烘日透心針，一實一空，我且讓你先選一筒。你若選的是實，我便成全你的心願。否則……哈哈，尹凡，你且將這兩筒透心針取去，讓他先選一筒！」

尹凡微一遲疑，目光中突地又有一絲光芒閃動，緩緩走到溫如玉的身後，緩緩接過她掌中的兩枚圓筒，緩緩轉身……

突地，他擰腰反身，雙掌齊揚，只聽「咯咯」一串輕響……

輕響聲中，又夾雜著尹凡的幾聲獰笑，哪知……

兩筒五雲烘日透心針中，卻無一針發出。尹凡獰笑之聲突頓，溫如玉狂笑之聲立起。尹凡連退了三步，溫如玉狂笑道：「錯了，錯了，你又走錯一步，你又落入了我的算計中。」

卓長卿、溫瑾愕然而望，尹凡面如死灰。溫如玉狂笑又道：「在你一生之中，從未做過一件正直之事，也從未做過一件未欺騙別人的事。我雖早有殺你之心，但今日本已替你留下一條生路，只要你方才不要再騙我，我就決定放你回去……」

她邊說尹凡邊退。她步步緊逼，直逼得尹凡退到牆角，她突又自懷中取出兩枚金色的圓筒，口中說道：「昔年黃山始信峰下，若非有你，我也不會將人家夫婦一起置於死路，瑾兒若非你從中挑撥，也不會……」

語聲一頓，突然低喝道：「卓長卿，你過來！」

卓長卿愣了一愣，一掠而前。溫如玉頭也不回地將掌中的兩枚五雲烘日透心針，一齊遞到他身前，緩緩道：「此人亦是你殺父仇人，你只管將此針取去一筒……」

卓長卿緩緩接過一筒，突又拋回溫如玉掌中，朗聲道：「父母深仇，雖不共戴天，但在下卻不願因人成事，更不願仰仗……」

語聲未了，尹凡突地有如一道輕煙般貼牆而起，足跟一點壁面，身形倏然橫飛三丈。

溫如玉冷笑一聲，叱道：「你還想走！」

轉身，揚掌，五點金光，暴射而出，五點金光，俱都擊向尹凡身上。

只聽「噗」的一聲巨響，輕功已臻絕頂的萬妙真君尹凡，終於也像任何一個凡人一樣，沉重地落了下來。

塵土飛揚，他身形卻在飛揚著的塵土中寂然不動。溫如玉冷冷的笑聲，突然也變得寂然無聲。

在這刹那之間，她全身似也全都麻木，目光癡呆地望著尹凡的身軀，腳步也癡呆地向他緩緩移動了兩步。晚風吹動著她顯然已有兩日未曾梳洗的墜馬雲髻，吹得她花白的頭髮絲絲飄動。燈光昏黃，人影朦朧，寒風更重。

良久良久，她方自緩緩轉過身來，無比仔細地端詳了溫瑾和卓長卿兩眼，突地冷冷道：「你們要報仇，還不動手麼？」

將掌中兩筒透心針，一齊拋到地上：「假如你們願意，不妨先選一筒。」

寒意更重了。

仁義劍客雲中程，回到了他與他爹爹約定相會的地方。四下無聲，他爹爹仍未到來，他心中卻有如亂麻一般紊亂。

方才，他親眼見到許多從來未見之事，也親耳聽到許多他從來未聞之事，最令他大惑不解的，卻是溫如玉最後所說的幾句話，「我只要你再為我做一事。等我死後，你要設法告訴瑾兒，梁同鴻雖是她父親，孟如光卻不是她媽媽。」

他親眼見到尹凡點頭答應，又親耳聽到溫如玉淒苦地說道：「瑾兒真可憐，她再也不會想到殺死她爹爹的仇人，竟是她親生的媽媽……我怎能忍心告訴她，我怎能忍心告訴她……」

雲中程清楚地記得，當他聽到這裡的時候，他心中起了一陣悲淒的感覺，這其中的恩怨糾纏，他雖不盡瞭解，卻已猜中幾分。

他還曾聽到溫如玉對尹凡說：「梁同鴻對不起我，就正如你對不起我一樣。他騙我，說他愛我，哪知卻為的是要騙我的武功與財富。等到我後來知道他還有妻子，我自然饒不過他，自然要將他夫妻一起殺死。可是那時我身上卻已有了身孕。唉，蒼天呀蒼天，你為什麼總是這般捉弄我呢？」

直到此刻，雲中程耳邊似乎還在飄蕩著溫如玉這最後一句話。

他突然對這世上人人唾罵的女魔頭，起了一陣難言的同情之心。

他喃喃暗問自己：「這些是她的錯嗎？她不過只是個可憐而又醜陋的女人罷了……但是她為什麼要那麼殘酷……殘酷與可憐之間，難道又有著什麼關係嗎？」

仁義劍客雲中程心中焦急，來回踝踱，他知道卓長卿與溫瑾此刻都在一座名叫天禪寺的廟裡，他只望他爹爹早些到來。

於是，他又不禁為他爹爹想——只等他爹爹到來的時候。

好不容易地盼到多臂神劍在夜色中出現。

多臂神劍一見面就急急問道：「有沒有發現什麼？」

他匆匆說了兩句，便和他爹爹一起去尋那天禪廢寺。深夜荒山，要找一座古寺雖非易事，但卻畢竟被他們找到了。

他們看到了昏黃燈光，自古寺的大殿中映出，於是他們全力展動身形，加速掠去。

突然，他們聽到一聲急喘，兩聲嬌呼，接著一陣哀哀的痛哭……

多臂神劍濃眉一皺，八步趕蟬，高大的身形，接連幾個起落，倏然掠上殿階，閃目內望。

只見昏黃的燈光下，卓長卿、溫瑾呆呆地相對而立，兩個著紅衣衫的少女，伏在地上哀哀痛哭，在他們之間，卻見那紅衣娘娘溫如玉之屍身，仍和她生前一樣，冰冷枯瘦。

他們似乎誰也沒有注意到雲氏父子突然現身，雲氏父子兩人也都沒有去驚動他們。

靜寂之中，突聽「噹」的一聲，溫如玉枯瘦的手掌緩緩伸開、僵硬——手中卻落下一枚金色圓筒，緩緩滾到雲中程腳邊。

他俯身拾了起來，面色不禁為之一變，因為他認得這便是江湖中人聞名喪膽的五雲烘日透心針。他仔細地看了半晌，旋開後面的筒蓋，倒出五枚金色的尖針，於是他不禁又為之暗歎一聲。他深知這一筒金針溫如玉若是發出，此刻躺在地上的必是別人，他也深知溫如玉為什麼沒有發的緣故。

卓長卿呆呆地望著地上這具屍體，這具屍體是他和溫瑾所欲殺的仇人，奇怪的是，他此刻竟絲毫沒有勝利的愉快，更沒有殺敵後的自傲。他的心情，甚至比方才還要沉重！

這為的是什麼，他無法解釋，也不願解釋。

溫瑾呢，溫瑾的心情……

突然，腿股之間連中五針的萬妙真君尹凡，竟然甦醒過來。他輕微地呻吟一下，轉側一下，掙扎著抬起頭來，呻吟著道：「你們……終於……報了仇了……好極……好極。」

卓長卿、溫瑾一齊轉回目光。

一絲苦笑，又自泛起在嘴角。他緊咬一陣牙關，又自呻吟著道：「奇怪麼，我竟然還沒有死……因為……因為我還有一件秘密未曾說出，你們……你們……可要聽麼？……」

雲中程心頭一跳，只聽他又道：「這秘密關係著……關係著你一生的命運，但……但卻只有我一人知道……你們若想聽，就……就快些設法替我治好傷……」

卓長卿、溫瑾對望一眼，微一遲疑，哪知雲中程突然大喝一聲：「難道你臨死還要騙人麼？」

倏然飛起一腳，直踢得尹凡慘呼一聲，吐血而亡。他心中縱然還有許多奸計，卻再也無法使出了。

雲中程暗中一歎，自語著道：「永遠不會有人知道了，永遠不會再有人傷害他們的幸福了。」

多臂神劍濃眉一皺，道：「中程，你在說什麼？」

雲中程長長吐了口氣，道：「我在說卓伯伯英靈有知，九泉之下，也自瞑目了。」

雲謙呆了一呆，雙目圓睜，閃閃的目光中，突地流下兩滴淚來。卓長卿只覺心情一陣激動，眼瞼一合一張，忍不住兩滴晶瑩的淚珠，奪眶而出。

溫瑾望了望猶自伏在地上哀哭的小玲、小瓊，心中一陣熱血上湧，突地伏到地上，放聲痛哭起來。雲中程道：「真奇怪，你們怎麼哭起來了？」一伸手一拭眼瞼，眼中卻也已滿含淚珠。

然而，他們的淚珠卻都是晶瑩而可貴的，就正如明亮的珍珠一樣。木立流淚的卓長卿，突然覺得肩頭一陣溫暖，一隻纖纖玉手，送來一條粉紅的手帕。他伸手接過，回首望去，卻正好望著溫瑾那一雙含情脈脈的秋波。

秋波如水，燈光如夢。誰也不知曙色是在何時爬上地平線，於是東方一道金黃的陽光，衝破沉重的夜幕，昨夜碧空上的星與月，也俱在這絢爛的陽光下消失無蹤。

《月異星邪》全書完

古龍真品絕版復刻 7

月異星邪(下)

作者：古龍
發行人：陳曉林
出版所：風雲時代出版股份有限公司
地址：10576台北市民生東路五段178號7樓之3
電話：(02) 2756-0949　　傳真：(02) 2765-3799
封面影像處理：許惠芳
執行主編：劉宇青
行銷企劃：林安莉
業務總監：張瑋鳳
出版日期：2022年10 月
ISBN ：978-626-7153-26-0

風雲書網：http://www.eastbooks.com.tw
官方部落格：http://eastbooks.pixnet.net/blog
Facebook：http://www.facebook.com/h7560949
E-mail：h7560949@ms15.hinet.net
劃撥帳號：12043291
戶名：風雲時代出版股份有限公司

風雲發行所：33373桃園市龜山區公西村2鄰復興街304巷96號
電話：(03) 318-1378　　傳真：(03) 318-1378
法律顧問：永然法律事務所 李永然律師
　　　　　北辰著作權事務所 蕭雄淋律師

行政院新聞局局版台業字第3595號 營利事業統一編號22759935

國家圖書館出版品預行編目資料

月異星邪 (古龍真品絕版復刻 6 - 7)／古龍著. --
臺北市：風雲時代出版股份有限公司， 2022.08
冊；　公分.
ISBN : 978-626-7153-25-3（上冊 : 平裝）
ISBN : 978-626-7153-26-0（下冊 : 平裝）

857.9　　　　111009564